ベリーズ文庫

# 捨てられ秘書だったのに、御曹司の妻になるなんて この契約婚は溺愛の合図でした

蓮美ちま

JN019393

STARTS
スターツ出版株式会社

目次

## 捨てられ秘書だったのに、御曹司の妻になるなんて この契約婚は溺愛の合図でした


1．「俺と結婚しないか」……6
2．かわいくなりたい理由……49
3．凛とした彼女《亮介Side》……93
4．近づく距離……102
5．甘やかされる心地よさ……133
6．不穏な影……159
7．暴かれる真実《亮介Side》……188
8．「ずっと君が好きだった」……208
9．仕切り直しのプロポーズ……230


特別書き下ろし番外編

番外編　不満顔の理由は《亮介Side》…… 266
あとがき…… 286

# 捨てられ秘書だったのに、御曹司の妻になるなんて
## この契約婚は溺愛の合図でした

# 1．「俺と結婚しないか」

今年は紅葉が例年より早く見頃を迎えそうだと、今朝のニュース番組で言っていた。

秋から冬へ移り変わるこの時期は、晴天に恵まれてぽかぽかと暖かい日がある一方、冬将軍により冷たい空気が流れ込み、ぞくりと震える寒さになる日もある。

十一月第一週の今日は前者で、気温は十七度ほど。正午には二十度になる見込みで、小春日和という言葉がぴったりの過ごしやすい天気だ。

しかし、現在このオフィスには凍てつく空気が流れている。

「私たち、結婚しまぁす！」

午前八時。本来なら朝の爽やかな空気に満ちているはずの秘書室で唐突に結婚報告し始めた女性を、立花凛《たちばなりん》は真顔で見つめた。

国内シェア一位を誇る大手化粧品会社である『リュミエール』に入社して、今年で四年目の二十六歳。新人研修後に配属されたのは総務部の秘書室だった。

就活時のエントリーシートを埋めるために秘書検定を取ったものの、まさか本当に自分が秘書として働くとは思ってもみなかったため、当時はかなり驚いた。

きらびやかなイメージが先行し、自分に務まるだろうかと尻込みしていたが、実際の秘書の業務は華やかなものではなく、黒子のような存在だ。

自身が表立ってなにかするというよりは、誰かのサポートに徹する仕事は凛の気質に合っていたようで、今は粛々と日々の仕事をこなしている。

グレーのシンプルなスーツに身を包み、一度も染めたことのない艶やかな黒髪を後れ毛ひとつないようまとめて、化粧品会社の社員としては少々薄すぎるほどナチュラルなメイク。

真面目でお堅い秘書のステレオタイプのような見た目だが、黒子なのだからそれでいいと凛は考えている。

秘書室は重役執務室のあるフロアの手前に配置され、整然と並んでいるどのデスクの上にもファイルスタンドが要塞のようにそびえ立ち、己の主が求める資料を即座に提供できる態勢が整っている。

その中で異彩を放っているのは、会社から支給されたノートパソコンをデコレーションし、ファイルではなく手のひらサイズのくまやうさぎのぬいぐるみを飾り、派手なクッションとメイクポーチが置かれたメルヘンな空間。

凍てついた空気をものともせず、語尾にハートをつけ、勝ち誇った声で結婚報告をする近藤芹那《こんどうせりな》のデスクだ。

芹那は入社一年目。金髪に近いミルクティー色の長い髪を巻き、ラメやグリッターをふんだんに使ったキラキラのメイク、大きな花柄のワンピースに高いヒールのパンプスといった装いは、とても秘書とは言えない出で立ちだ。

貿易会社の重役令嬢で、私立の女子大を親のコネでなんとか卒業し、専務の口ききで社会勉強のためとお客様扱いで入社してきた。

そのため朝の清掃や電話対応など、秘書以前に社会人としてやるべき業務などはいっさいしたがらない、凛にとっては困った後輩だ。

そんな芹那の結婚相手は、社長の第二秘書である秘書室チーフの原口孝充《はらぐちたかみつ》、三十歳。

社長の第一秘書を務めている室長の林田《はやしだ》は常に社長に帯同しているため、実質この秘書室をまとめているのは孝充だ。

シルバーフレームの眼鏡の奥にある切れ長の目は怜悧《れいり》な光をたたえ、過密なスケジュール調整も、贈答や慶弔業務も難なくこなす。

孝充は凛に秘書としてのイロハを教えてくれた上司であり、ほんの一週間前までは凛の恋人だった男性だ。

「結婚って……原口チーフと、近藤さんが?」

おめでたい話題にもかかわらず、祝福ムードではなく不穏な空気になっているのは、秘書室の大多数の人間が、凛と孝充の関係を察していたからだ。

とくにひとつ上の先輩である荒井恵梨香《あらいえりか》には、凛と孝充が交際していることを直接報告していたため、眉をひそめてふたりを睨みつけている。

「そうですよ？　やだぁ、荒井さん。ほかに誰がいるんですかぁ」

「誰がって……」

「先輩たちを差し置いて先に結婚しちゃうのは謝ります。ごめんなさぁい。でも、この子のためにも、私は家庭に入らなくちゃって思ったんです」

衝撃的なひと言に誰もが驚く。余計な枕ことばによってその場の空気が凍りついたのもおかまいなしに、芹那はシュッとくびれたウエストに両手を置く。

怒り心頭な恵梨香に油を注ぐような芹那の言動は、心を無にして聞いていた凛にも大きな衝撃を与えた。

(妊娠……してるんだ)

凛は視線を芹那から、彼女の隣に立つ孝充に移した。

今朝も室長不在のため、この場の誰よりも役職が高いのは彼だ。にもかかわらず孝充はひと言も話さず、唇を真一文字に引き結んでその場に佇んでいた。

「そういう事情なので、私は来月いっぱいで退職します。妊娠初期のストレスは大敵ですし、あまり大変な業務は振ってこないでくださいね」

今までだってなにひとつ大変な業務などしてこなかった芹那の言い草に絶句しながら、彼女と孝充を交互に見比べたが、やはり彼は芹那を窘めはしない。

周囲の怪訝な眼差《まなざ》しから逃れるように視線をさまよわせている様は、普段の真面目で神経質な彼には珍しい。

恵梨香以外の同僚も、なんとも言えない顔つきをしていて、凛は惨めさと申し訳なさに身がすくんだ。

別れ話を承諾したとはいえ、一週間前まではたしかに凛と孝充は付き合っていたのだ。

最近では多忙さゆえに会う頻度も少なくなっていたけれど、最低限の連絡は取り合っていたし、上司であり指導係であった孝充を尊敬し、信頼していた。

芹那が現在妊娠何か月なのかわからないが、少なくとも彼らの関係は凛と別れた後に始まったものではない。

浮気された揚げ句捨てられたのだと、一瞬で悟った。

それは凛だけでなく、周囲の人間も同じだろう。

同じ職場で秘書という立場から大っぴらに付き合っていたわけではないが、ひた隠しにしていたわけでもない。凛は周囲への配慮から隠しておくのがマナーではないかと控えめに主張したが、社内恋愛は禁じられていないという孝充の言葉に従った形だ。さりげなく交わすアイコンタクトや、生真面目な孝充が凛に接する時にだけ笑顔が増えたことなど、周囲が察するヒントはいくつかあった。

秘書室のメンバーは気のいい人間が多く、なにも聞かずに交際を見守ってくれていたし、今も凛に対してぶしつけに好奇の視線を送ってくる者はいない。

しかし一様にどう反応すべきかと思考を巡らせているのはあきらかで、居心地の悪さに気分がずんと沈んでいく。

（こうなる場合もあるからこそ、社内恋愛は他言しないのが暗黙のルールだったのに……）

内心でどれだけ後悔したところで後の祭り。大きな東側の窓からは暖かな日差しが差し込んでいるというのに、情けなさと悔しさで体がカタカタと震えだした。

（これじゃいけない。ここは職場なんだから）

じわりと込み上げてくる涙と嫌悪感を理性で押し込め、太ももの隣でぎゅっとこぶしを握りしめてから、つとめて冷静に左手を眼前にかざす。

シルバーの華奢な時計で時刻を確認すると、声が情けなく震えてしまわないよう腹筋に力を入れた。

「お話の途中で恐縮ですが、副社長を迎える時間になりますので私は失礼いたします」

凜は淡々とした口調で告げ、この四年で体に染みついた美しいお辞儀をしてその場を離れる。

誰がどんな顔をして自分を見送っているのかを確認するのが怖くて、凜は決して振り返らなかった。


（……それならそうと言ってくれればよかったのに）

秘書室から廊下に出て、ようやくはぁっと大きく息を吐き出す。

孝充は別れる際、理由をいっさい話さなかった。

仕事帰りによく行くカフェに呼び出され、淡々と告げられたのはつい先週のこと。

『凜との将来を考えられなくなった。だから別れてほしい』

ふたりの行く末に明るい未来はないと告げられ、それでも付き合いを続けたいと思うほどの執着心は凜にはない。

職業柄、普段は感情を表に出さないようポーカーフェイスを装っているし、四人姉弟の長女として育ったため甘え下手で、感情を出すのが苦手だ。

だからといって傷ついていないわけじゃない。

突然恋人から別れを切り出されれば困惑するし、そのわずか一週間後にほかの女性と授かり結婚をすると聞かされれば、全身が震えるほどショックを受ける。

その相手が同じ秘書室の後輩だというのも信じられないし、いつから裏切られていたのかと考えると吐き気が込み上げてくる。

ただ、ここは恋愛事で騒いでいい場所ではない。

職場で取り乱すのは社会人としてよくないという理性が、崩れ落ちそうな凛を支えてくれているのだ。

なんとか気持ちを切り替え、執務室へ足を向けようとした時、うしろから呼びかけられた。

「り……立花さん」

とっさに足を止めてしまったが、振り返るには勇気がいる。

唇をきゅっと引き結び首だけで振り返ると、案の定後を追ってきたのは孝充だった。

「はい、なにか?」

正直、面と向かって顔を合わせるのすら今は避けたい相手だ。

けれど職場であり、彼が上司である以上そんなことを言ってはいられない。

必死に頭を仕事モードに切り替え、凛はポーカーフェイスで孝充に向き直った。

「なにかって。そっちこそ、なにかないのか」

「……はい？」

凛は怪訝な顔で首をかしげた。

呼び止めたのは孝充の方だ。顔も見たくないのに足を止めたのは、業務についての連絡があるのだろうと思ったからだ。

それなのに、孝充はこちらをじっと目を細めて見つめたまま口を開こうとせず、ふたりの間には不自然な沈黙が流れている。

（もう、なんなの……？）

この妙な空間に耐えきれず、凛は静寂を振りきるように口を開いた。

「あの、急ぎのお話がないようでしたら、私は副社長を迎える準備がありますので」

「そういうところだよ」

ぼそりとつぶやいた孝充の言葉をうまく聞き取れず、「はい？」と聞き返す。

それがいけなかったのか、孝充は急に逆上したように顔を赤くして声をあげた。

「凛のそういうところがかわいくないって言ってるんだよ！」

職場で名前で呼ばれたことにも、唐突に非難されたことにも驚いたが、孝充が声を荒らげていることに一番驚いた。

彼はいつも冷静沈着で、感情的になっているところを見たのは初めてだ。

「あ、あの、原口チーフ」

「付き合っていたこの一年で、僕は君に想われていると実感できた試しは一度もない。いつも凛は冷静で、結局僕に頼ったり甘えたりしてはくれなかった。それどころか、君は副社長の第一秘書に抜擢されて、ますます僕との距離は開いた。だから……」

だからなんだというのだ。

凛が上手に孝充に甘えられなかったから、浮気をしてしまったとでも言うのか。

苦しそうに歯を食いしばっている孝充をぼうぜんと見つめた。

（どうして……。裏切ったあなたの方がそんな顔をするのはずるい……）

たしかに凛は他人にうまく甘えられるタイプではないが、それをわかっていて告白してきたのは彼の方だ。

『熱心にがんばる甘え下手な君を、僕が支えたいと思ったんだ』

近しい上司ゆえに異性として意識していなかったが、告白を機に孝充の人となりを改めて見つめ、一週間の猶予をもらったのちに交際にうなずいた。

職場での孝充は真面目で優秀で、彼となら真剣な付き合いができるだろうと考えたからだ。

凛と孝充は互いが初めての恋人だったため、なにもかもが初体験で、手をつなぐにもドキドキする中学生のような初々しさだった。

精神的な距離の縮め方も手探りで、どこまで踏み込んでいいのかもわからないまま、彼に合わせるようにして付き合いを続けてきたが、凛なりに孝充を大切にしようと努力していたつもりだ。

（でも、まるで伝わっていなかったんだ……）

とても孝充を直視できずにうつむいていると、彼のうしろの扉が開いた音が聞こえ、小走りに走り寄ってくる女性の気配がした。

「タカくん、こんなところでなにを話してるの？」

鼻にかかった甘ったるい声音には、凛を刺すようなとげがたぶんに含まれている。

顔を上げると、芹那の綺麗《きれい》にネイルの施された指先が孝充の袖をちょこんとつまんでいた。

向かい合って立ち尽くす凛に対し、彼女は口角を綺麗に上げて笑ってみせた。

「立花さん。人の婚約者とふたりきりでコソコソ話すなんて、非常識な振る舞いはやめてください。じゃないと、周りに変な誤解を招くでしょう？　あなたとタカくんは無関係の他人なんだから」

笑顔の仮面を貼りつけてはいるものの、敵対心をまるで隠しきれていない。

奪ったのは芹那で、奪われたのは凛の方だ。

それなのに、なぜこんなふうに敵意を向けられなくてはならないのだろう。

芹那の発言を不快に感じ、それを諫めようともしない孝充に心底幻滅した。

ひとつ息を吐き出すと、凛は彼女の険のある眼差しを受け止めて反論した。

「コソコソ話してなんていません。チーフに呼び止められたので、立ち止まっただけです」

「私たちのお祝いの場から途中でいなくなるなんて、追いかけてほしいって言ってるようなものじゃないですか。そういうずるい手を使うの、みっともないですよ」

「お祝いの場？　今は朝礼の時間ですよ。個人的な話をする場ではありません」

凛が冷静に言い返すと、芹那はムッとした表情を浮かべた後、孝充の腕に自分の腕を絡めて嘲るように笑った。

「負け惜しみですか？　でも彼が選んだのは私です。それはそうですよね。深窓の令嬢なわけでも、大したルックスなわけでもないのに、いい年してもったいぶる女なんて面倒ですもん」

「近藤さん！」

初めて慌てた孝充が芹那の発言を遮ったが、凛はがくぜんとした。

決してもったいぶっていたつもりはないが、思いあたる節がひとつだけある。

孝充と付き合って三か月ほど経った頃、そういった誘いを受けたことがあった。

付き合っていれば誰しもが通る道であるし、凛だって経験はないが年齢なりに知識はあった。

しかし未知の体験への恐怖が大きく、途中で中断してしまう。

『大丈夫。お互い初めて同士なんだ、僕らのペースで焦らずに進めよう』

孝充が少し焦れた様子を見せつつもそう言ってくれたため、申し訳ない気持ちはあったが、正直ホッとしたのも事実だ。

その数か月後、もう一度誘われた時には凛も覚悟を決めていたが、デートの途中で生理になってしまい、その日は断らざるをえなかった。

すると、それ以降はそういった雰囲気にならなくなり、一度も誘われないまま現在に至る。

一年ほど付き合っていたものの、凛と孝充は体を重ねてはいなかったのだ。

（そんなことまで話してたんだ。だから彼女と……）

失望などという言葉では生ぬるい。軽蔑の眼差しで孝充を見ると、彼は開き直った態度で凜をなじった。

「な、なんだよ。長く付き合ってるのにヤラせない女なんて変だって、僕の友人たちも口を揃《そろ》えて言ってるんだ！　二回も連続で断られて、僕だって君にプライドを傷つけられた！　どうして僕だけ白い目で見られないといけないんだ！」

顔を真っ赤にして叫ぶ孝充に、もはや言葉も出ない。怒りや悔しさを飛び越えて、全身から力が抜けていくような脱力感に襲われた。

たしかに初めての時に中断させたのは凜だ。彼も初めてで緊張しながら誘ってくれたのに、怖いからと拒絶してしまったのは申し訳ないと思う。

けれどその後に一度断ったのは体調のせいだと説明していたし、その不満を凜にぶつけずにほかの女性に向けるなんて信じられない。

セックスできない女は価値がない。だからほかの女性に目移りしたって仕方がないと孝充は言っているのだ。

相変わらず勝ち誇った顔をしている芹那は、華奢な凜とは違い、女性らしい丸みのある体つきをしている。

思わず目の前のふたりの生々しい姿を想像しそうになり、凛はぎゅっと目をつむって小さく首を振った。

「はっきり言って、タカくんに未練を持ち続けられるのは迷惑なんです。彼と結婚するのは私ですから。さっさと会社を辞めてください」

自分の勝利を確信した芹那はニッコリと微笑んでいるが、その目はまったく笑っていない。

「どうして私が仕事を辞めなくちゃいけないんですか」

「あなたがタカくんのそばにいるのが嫌なんです。ストレスでおなかの赤ちゃんになにかあったらどうしてくれるんですか？　自分から辞めないなら、私のパパにお願いして解雇してもらいますから」

「な……っ」

あまりにも横暴な言いがかりに、言い返す言葉が見つからない。

いくら大きな会社の重役令嬢とはいえ、ほかの企業の社員を解雇させるなど可能なのだろうか。

（でも専務の口ききで入社してるのなら、もしかしたら……）

そう考え、背筋がスッと冷たくなる。

憧れのリュミエールに入社するために就職戦争を乗り越えてきたのだ。

秘書室に配属されてからは必死に仕事を覚え、マナーを叩き込み、副社長に専属でつくようになってからはなおさら激務に身を投じてきた。

そのかいあって、今では自分の仕事にプライドを持って働けるまでになったのだ。

それを、こんなくだらないことで大切な仕事を奪われなくてはならないのかと、凛が震える唇を噛みしめていると。

「こんな場所でなにを騒いでるんだ」

芯のある低い声が響き、凛は弾かれるように目を開けて声の主を探した。

重役フロアの廊下は絨毯敷きになっており、靴音が響きにくい。気づけなかった己の失態にうなだれたくなるが、そんなことをしている場合じゃない。

視線の先には、不機嫌そうに眉根を寄せているが非の打ちどころのない美しい男性。

社長のひとり息子であり、自身も副社長のポストに就く海堂亮介《かいどうりょうすけ》が立っている。

彼は今年で三十一歳。百八十センチを超える長身でスラリとした体躯、フランス人の祖母譲りのヘーゼルアイは否が応でも周囲の人の目を惹く。

苺にハチミツをかけたような甘い顔立ちだが、輪郭はシャープでどこか男らしさを感じさせる絶妙な容貌。まるで彫刻のように美しく、化粧品会社の御曹司として完璧なルックスだ。

　ダークブラウンの髪は地毛らしく、緩いパーマがかかっている。

　整えられた眉がキリッとした印象を与え、笑顔を見せずに形のいい口もとを引き結んでいるため、甘いマスクながら恐ろしいまでの迫力がある。

「ふ、副社長。おはようございます」

「朝からなにを騒いでいるのかと思えば」

　申し訳ございません、と頭を下げようとした凛のそばまで歩み寄ると、亮介はそっと凛の肩を自分の方へ抱き寄せた。

「ふ、副社長？」

「君も新しい恋人がいると言い返せばいいのに」

　凛は足もとをふらつかせながら、驚いて隣を見上げる。

「なんでものみ込んでしまうんだな、君は。まぁ、そんな健気なところに俺は惹かれたんだろうが」

「あのっ」

「重役と秘書が恋愛関係になってはいけないという法律も社則もない。俺は凛との関係を隠さなくてもかまわないが」

呆気に取られたまま、主である亮介の端正な顔を見つめ続けた。

誰もが羨む美貌を持ちながら、決して周囲に愛嬌を振りまいたりせず、常に厳しい顔をして職務にあたっている彼は実直で生真面目で、一部の社員は〝堅物副社長〟などと呼んでいる。

そんな彼が凛の肩を抱きながら、いつもは引き結んでいる口もとを緩め、やわらかい眼差しを向けてくる。

亮介の専属秘書となって半年足らず。こんなふうに親しげに体に触れてくることなど、これまで一度もなかった。

彼は仕事以外には興味を持たず、浮いた話も聞いた試しがない。秘書とはいえプライベートをすべて把握しているわけではないけれど、今は特定のお相手はいないだろう。なんなら女嫌いだとの噂もある。

(もしかして副社長、今の話を聞いてたから……)

凛はハッとする。冷静に彼の発言を考慮すれば、今自分が取るべき言動は自ずと見えてきた。

「ふ、副社長。これはいったい……」

突然、自社の副社長に先週まで自分の恋人だった凛との交際を匂わされ、孝充は目を見張っている。しかしそれ以上の言葉は紡げないらしく、ただ視線をさまよわせているのみ。


凛は心の中で亮介に詫びながら、視線を彼から孝充と芹那に移した。

「彼が今言った通りです。私にはもう新しい恋人がいるので、チーフに未練もありませんし、ご結婚を邪魔するつもりもありません」

「立花さんが副社長と？　そんなことあるわけないじゃないですかぁ！」

先ほどまで勝ち誇って微笑んでいた芹那が、あからさまに不機嫌な顔で言い放つ。

彼女にとっては邪魔な元カノに新たな恋人がいるのなら喜ばしいはずなのに、先ほど以上に険しい顔で睨みつけられ、凛は困惑した。

さらに芹那の隣に立つ孝充も同様に、眉をひそめて不快だと表情で訴えてくる。

「凛、君は……僕と付き合っていながら副社長とも」

「聞き捨てならないな」

孝充が自分を棚に上げて責めるような視線を向けてきたのを、亮介は凍てつくほど冷たい声音で遮った。

「俺が恋人のいる女性、それも大事な秘書に対して中途半端に手を出すとでも？」

「い、いいえ！　決してそういう意味ではなく……」

「それなら不用意な発言は控えろ。見る目のない男と別れたのを知って口説き落としたんだ、文句を言われる筋合いはない。それからここは職場だ。いい加減、ふたりとも仕事に戻れ」

亮介は「立花、行くぞ」と凛に声をかけると、話は以上だと言わんばかりに歩みを進める。

凛は悔しそうにこちらを睨みつける孝充と芹那をその場に残し、亮介に従って足を踏み出した。

副社長室へ入り、亮介の脱いだスーツの上着をハンガーにかけると、コーヒーを淹れるためにいったん退室する。

彼はコーヒーにこだわりはないようだが、さまざまな種類を試すうちに表情で好みを推し量れるようになった。

焙煎度合いは深煎りで、苦味やコクの強いものが好きなようで、凛はコーヒー専門店で何種類か購入しストックしている。

今日はインドネシア産のコーヒーを選んで淹れながら、凛はうなだれそうになるのを必死にこらえた。

(どんな顔をしていればいいの……)

普段からあまり感情を顔に出さない凛だが、亮介は輪をかけてポーカーフェイスだ。ボスがなにを考えているのかを読み、先回りして快適に働ける環境をつくるのが仕事で、最近ではそれを以前よりはこなせていると自負している。

しかし今回のようなイレギュラーなハプニングに対し、亮介がどう感じているのかを推察するには、プライベートの彼を知らなすぎる。

無愛想だとか堅物だとか言われているだけあって、亮介は仕事以外にはまるで興味がなさそうだ。

女性の影を感じたこともなく、酒の飲みすぎで二日酔いのところを見たこともなければ、どこかへ旅行したという話も聞かない。

いつだったか出勤前にジョギングをしていて、休日の時間がある時にはジムに行っているという話を会食に同席した際に聞いたが、凛が亮介のプライベートについて知っている情報といえばその程度だ。

そんなストイックな生活をしている亮介が、わざわざ部下のもめ事に首を突っ込んで助けてくれるとは驚きだったが、それ以上に情けないところを見られてしまった羞恥心が先にくる。

（揃って秘書室内の人間で修羅場だなんて、きっとあきれられた……）

頭を抱えて踞りたくなるが、冷めたコーヒーを亮介に出すわけにはいかない。

もくもくと芳醇な香りを漂わせるコーヒーを手に、再び副社長室へ向かった。

「企画部とのミーティングは十時に第一会議室を取っております。資料は共有ファイルにございますのでご確認ください。十三時から『ワタセドラッグ』の専務とのランチのお約束ですが、あちらの秘書の方がお店を用意してくださるとのことでしたのでお任せしております。お車は手配してありますので、十五分前には下にお願いいたします」

その後も、何事もなかったかのようにその日のスケジュールを確認し、共有すべき情報をいくつか交わした。

いつもならそのまま一礼して秘書室のデスクに下がるのだが、今日はそういうわけにはいかない。

廊下での出来事について亮介から話を振らないのは、彼の優しさにほかならないのだ。それに甘えてそのまま忘れておいてほしいというのは虫がよすぎるだろう。

「あの、副社長。先ほどは申し訳ございませんでした」

凛が深々と下げた頭を上げると、美しい平行幅の二重の瞳がじっとこちらを見つめている。

内心はドキドキと焦っていたが、無表情な秘書の仮面を貼りつけて落ち着いた口調で続けた。

「社内であのような見苦しいところをお見せしてしまい、大変反省しております」

亮介が恋人のふりをして助けてくれたことには触れずに謝罪の言葉を述べる。

肩を抱く力強さや、初めて見たやわらかい眼差しを思い出すと、なぜか心が落ち着かなくなるのだ。

早々に話を切り上げて立ち去るべく、凛がもう一度頭を下げて踵を返そうとしたところに、亮介の低すぎない淡々とした声が彼女の体の動きを止めた。

「立花、俺と結婚しないか」

突然の問いかけに凛は自分の耳を疑った。

(今、結婚って言った? いえ、まさか。なにかを聞き間違えたんだわ。さっきの副社長がついた嘘に、まだ動揺してるのかも)

「申し訳ありません。もう一度よろしいでしょうか」

「俺と結婚しないか、と言った」

「……すみません、どうも耳の調子がおかしいようで」

「その反応なら、正しく聞こえてるだろう。俺の妻にならないかと聞いている」

いったい、今自分はなにを言われているのだろう。

聞き間違いでなければ、プロポーズをされているような気がする。

顔には出さないまま頭の中で思考を巡らせたが、亮介がこの手の冗談を言うタイプでないのは一緒に働いていればわかるし、かといって女性として彼から想われているとも考えられない。

プロポーズの意味を持つ言葉を口にしているのに、彼の声音は淡々としていた。

「あっと、ええっと……」

およそ秘書らしくない意味をなさない言葉しか出てこず、完全に混乱していた。

なぜ亮介が突然、結婚を申し込んできたのか、意図がまったくわからない。

「原口と近藤の前で交際を宣言しただろう。言ってしまった手前、嘘だったと知られるのはまずいんじゃないのか」

たしかに芹那の退職を迫る言いがかりを考えると、このまま亮介と交際関係にあると嘘をつき通した方が都合がいい。

くだらない事情に巻き込んで申し訳ないと思うが、彼が手助けしてくれるのならとてもありがたい。

「そ、それはそうかもしれませんが。だからといって結婚とは」

「彼らも結婚するんだろう？　立花も吹っきれて結婚したと報告してやれば、少しはふたりの鼻を明かせるんじゃないか？」

なるほど。やはり先ほどの話を聞かれていて、不憫に思った亮介なりの慰め方だったのだろう。

どこまで聞かれていたのかと考えると羞恥で消えたくなるため、それ以上は考えずに頭を下げた。

「申し訳ありません。あんな話を聞かせたせいで、いらぬ気を使わせてしまって……」

「気を使って結婚を申し込むほど酔狂な男ではないつもりだが」

亮介の淡々とした口調に、凛は目を見張った。

てっきり捨てられた女に同情し、玉の輿に乗る夢を見せてあげようという優しい励ましなのだと思ったが、そうではないらしい。

「本気で……私と結婚をとお考えなんですか？」

「もちろんだ」

迷いなくうなずかれ、凛は困り果てた。

孝充に裏切られてショックだったが、別れ話での誠意のなさや、今の芹那に対する態度を見ていれば、彼に未練などひとつもない。

それをふたりに、とくに敵意を向けて退職を迫ってくる芹那にわかってもらうためには、凛に新しい結婚相手がいるとわからせるのが一番であるような気もするが、まさか自社の御曹司である亮介にその相手をさせるわけにはいかない。

堅物だと言われていても、その冷徹な仮面の下には優しい一面があるのをこの半年で知った。

けれど、まさか凛にここまで心を砕いてくれるとは思ってもみなかった。

「このままだと秘書室にいづらくないか？」

「それは……」

たしかに秘書室では凛と孝充が付き合っていたのはほぼ周知の事実で、気を使わせてしまうのは間違いない。

優しい人たちなのでむやみに詮索はされないだろうが、同情が含まれていそうな視線は正直居心地が悪い。

「異動するにしても君の後任の選定に時間がかかる。立花以上に俺をサポートできる人材はなかなか見つかりそうにないからな」

「ご迷惑をおかけして、申し訳ございません」

「この話が秘書室内で留まる保証もない。ストレスを抱えて働き続けるより、優秀な君なら転職先を見つけるという手もあるが……正直、うちの会社よりも待遇のいい企業はそう多くはないと思う」

「おっしゃる通りです……」

働きにくくなるくらいなら辞めてしまえと思われるかもしれないが、彼の言う通り一流企業の今ほど待遇のいい転職先が見つかる保証はない。

十年前に父が事故で亡くなり、母は看護師として働いているもののまだ学生のきょうだいがいるため、凛も給料のほとんどを家に入れカツカツの生活をしている。

たかが失恋で会社を辞められるほどの余裕はないし、なによりリュミエールで働くという夢を叶えたのだから、絶対に辞めたくない。

かといってなんの関係もない亮介と結婚するなんて、自分の不利な状況を打破するために彼を利用するような真似をしていいはずがない。

凛はありがたい申し出に傾きそうな心を懸命に抑え、首を横に振った。

「ふたりへのあてつけに副社長を巻き込むなんて……そんな真似はできません」

「いや。君のためばかりというわけでもない。俺にもメリットはある」

大企業の御曹司であり自身も副社長のポストに就く亮介と違い、凛は至って普通の一般家庭に生まれ育った。

父が十年前に他界した時、凛はすでに高校生だったが、弟と妹は小学生だった。母はひとりで四人の子どもを育ててくれたため、決して裕福ではない。

そんな凛と結婚することで、亮介にとってどんなメリットがあるというのか。

珍しく疑問が顔に出ていたらしく、亮介は凛の求める答えを教えてくれた。

「君も知っているだろう。ここ数年、年頃の娘を持つ社員や取引先から何度も『結婚はまだか？』と聞かれてうんざりしている」

凛はためらいがちにうなずいた。

亮介は副社長という立場ではあるが、現在未婚であり、幼い頃からの許嫁や決まった婚約者などはいない。そのため、あらゆる方面からひっきりなしにお見合いや縁談話が持ち込まれる。

そのたびにうんざりした顔で身上書や写真を凛によこすと、『丁重にお断りしておいてくれ』と毎回すべての話を拒否していた。

「この年で親に恋人のひとりも紹介をしたことがないせいか、両親を心配させているらしい。このままだと無理やり縁談をまとめられかねないし、かといって毎回気を使いながら断るのはストレスなんだ」

「それはわかりますが、どうして私なのでしょう？　副社長でしたら、もっとふさわしいお相手がいらっしゃるかと。お付き合いされている方はいらっしゃらないのですか？」

「そんな相手がいたら、君にこんな話を持ちかけない」

さりげなく恋人の有無を確認したが、至極真っ当な切り返しに口をつぐむ。

「立花なら父も君の働きを知っているから好印象だし、なにより一緒にいて苦痛を感じないのは大きなポイントだ。仕事で四六時中一緒にいるが、居心地が悪いと思ったことがない」

「きょ、恐縮です」

秘書として褒められるのはうれしいが、それと結婚とはまた別物ではないだろうか。

そう思ったものの、話の続きを聞こうと口をつぐむ。

「原口たちのせいで優秀な君に辞められては困る。もちろんほかからの圧力で社員を解雇するような会社ではないつもりだが、専務はどうも近藤の父親の大学の後輩らしく、頭が上がらないらしい。変な難癖をつけられても困るだろう」

「そうおっしゃっていただくのはとてもありがたいのですが」

「それとも……まだ、原口に未練があるのか？」

無機質な低い声で問われ、とっさに「ありえません！」と叫んだ。

一年ほど交際していたが、今朝の孝充の言動で、ゆっくりと育んでいた恋愛感情は綺麗さっぱり押し流されていった。

「ならば問題ないな。俺と結婚すれば、向こうも立花に未練はないとわかるだろうから辞めさせる理由はなくなるし、気まずい思いをしなくてよくなる。俺は優秀な秘書を失わずに済むし、わずらわしかった見合い攻撃から解放される。互いに結婚することで問題が解決できるんだ、悪くない話じゃないか？」

理詰めでどんどん説得されているような気がする。さすが仕事がデキる男は違うと感心してしまう。

（いやいや、感心してる場合じゃない。結婚は普通、想い合っている男女がするのであって、条件や利害関係で決めるものじゃないはず）

この考えは一般家庭の話であって、亮介のように大企業の御曹司ともなれば話は別なのだろうか。

結婚願望が強いわけではないが、恋愛抜きの結婚など考えたこともなかった。

「それは……偽装結婚、というものでしょうか？」

自分でも〝偽装結婚〟の定義がわかっていないが、ほかに言いようがなかった。

互いに恋愛感情を持っていないが、なんらかの事情で婚姻関係を結ぶ。夫婦として一緒に住むが、居住スペースは完全に分断されていて、男女の関係というよりはシェアハウスのようなものを想像してみる。

（欲しいのは結婚しているという事実だけで、夫婦としての実体はいらないって意味なのかな？）

世の中にそんな関係性の夫婦がいるのかはわからないが、亮介から提案されているのは、そういったドライな契約なのだろうと思われる。

すると、凛の言葉をすぐさま亮介が否定する。

「紙切れだけの婚姻関係にするつもりはない。一種の契約結婚ではあるが、一緒に住んで夫婦として生活するし、結婚する以上、俺は不誠実な真似はしない」

真摯な言葉に息をのむ。

今さっき元恋人の不誠実な真似を突きつけられたばかりの凛にとって、亮介の言葉は胸に刺さるものがあった。

「仕事を続けてもらえるのなら、ほかの生活に関する事項はすべてこちらが負担する。家事はハウスキーパーを雇えばいいし、ほかに要望があれば言ってくれ。結婚しても秘書としての君を手放したくない」

真っすぐな眼差しを向けられ、凛は図らずも赤面してしまい、慌ててうつむいた。なにせ亮介は顔も声も極上なのだ。うっかり見つめ合ってしまえば、その視線が熱を帯びていて、まるで自分を口説いているかのような勘違いをしそうだ。

手放したくないとストレートな言葉を言われているのは、秘書としての自分だ。決して女性としてではない。

少しでも頭を冷やそうと脳内でバケツの水を頭から何杯もかぶり、冷静に思考を巡らせる。

（秘書として認められているのはうれしいし、私だってこの仕事を辞めたくない。でも、だからって結婚する？　自分が仕える副社長と？　ありえなさすぎる……！）

一介の社員である凛と、大企業を背負って立つ立場の亮介では、あきらかに釣り合わない。家柄が違えば価値観もズレるだろうし、容姿すら歴然たる格差がある。

亮介はいずれ社長になるのだし、結婚相手は彼を献身的に支えられる女性でなくてはならないはずだ。

自分ではとてもふさわしいとは思えない。

「あの、やっぱり……都合がいいとか、メリットがあるとか、そういう理由での結婚は後々後悔されるのでは？」

「後悔?」

今は仕事が忙しくて恋人をつくる暇がないのかもしれないが、落ち着いた頃に恋愛を楽しみたい時がくるだろう。

そうなった時、打算的に結婚してしまっていたら、取り返しがつかない。

彼ならバツイチだろうと引く手あまただろうが、やはり戸籍は綺麗なままの方がいいのではないか。

凛が端的に説明すると、亮介が目を細めて微笑んだ。

「本当に君は、自分より人のことばかりだな」

「え……?」

今は副社長室にふたりきりなので、先ほどのように恋人の演技をしているわけではない。それなのに凛を見つめる亮介は、小さな笑みをたたえている。

滅多に見られない不意打ちの笑顔に、ドキンと胸が高鳴った。

「立花となら、俺は後悔しない」

「副社長……」

「決して無理強いはしない。だが、君がこれ以上嫌な思いをしないよう、俺に守らせてほしい」

まさかそんなふうに言ってもらえるとは思わず、真摯な言葉に胸を打たれる。

唐突な結婚話は、きっと自分の秘書の無様な修羅場を見てしまった同情から提案してくれたもの。

それ以上の感情がないのは十分わかっているが、凛のためを思って話を持ちかけてくれたのだと思うと、恋人にあっさり捨てられて傷ついた心が少しだけ潤うような気がした。

（副社長との関係が嘘だとバレて会社を辞めさせられるのは避けたいし、この仕事を続けていく以上、これからも孝充さんと同じ職場なのは変わらない。いつまでも周りに気まずい思いをさせておくより、いっそ副社長と結婚した方がいいのかも。彼にもメリットがあると言ってるんだし……）

亮介の提案に乗ってみようかと気持ちが傾きそうになると、もうひとりの理性的な自分が慌てて引き止める。

（いやいや、冷静にならなきゃ。だって結婚ってそんなすぐに決めていいものじゃないし、まして自分の勤める企業の副社長が相手だなんて私には荷が重すぎる）

結婚といえば人生の一大イベントだと考える凛にとって、恋愛感情抜きの婚姻契約になかなかうなずけない。

「あの、少し……考えさせていただいてもよろしいでしょうか？」

「あぁ。ゆっくり考えてくれ。就業中に悪かった」

「いえ。では失礼いたします」

結婚といえば人生のターニングポイントになりうると思うのだが、こんな時も亮介は冷静で感情が読めない。

（悩むのは後。まずは仕事をしなくちゃ）

凛は無理やり頭から亮介との結婚話を追いやり、自分のデスクへ戻った。


亮介からプロポーズのような提案をされた数日後。

凛は恵梨香と外へランチに出ていた。

昼休憩は基本的に十二時から十三時までと決まっているが、秘書室を無人にはできないため、チーフである孝充とグループ秘書のうちのひとりが一時間ずらして休憩に入るのが通例となっている。

いつしかその役割が芹那に固定されていたことに気づいていたが、新人である彼女が気をきかせているのだろうと気にも留めなかった。今考えれば、あの頃から彼らの関係は始まっていたのかもしれない。

（いつもふたりでお昼を食べに行っていたのに、嫉妬すらしなかった私も私だ……）

リュミエールの自社ビルは都心の一等地にあるため、周辺の飲食店もオシャレで雰囲気のいい店舗が軒を連ねている。

できるだけ節約したい凛としては社食を利用したり、余裕がある時はお弁当などを作って持ってきたりするのだが、今日は恵梨香に誘われてイタリアンのお店で昼食を取ろうと約束していた。

唐突な芹那の結婚報告の後、どうなっているのかと恵梨香に詰め寄られ、一週間前に別れを告げられたが孝充にはまったく未練がないから大丈夫だと簡単に伝えたが、きっと心配してくれたのだろう。

アンティーク調の扉が目を惹く西洋風の外観に、ぬくもりを感じるナチュラルウッドの内装は、日々忙しく働いている人々の疲れを優しく癒やしてくれるような居心地のよさだ。

「素敵なお店ですね」

注文を済ませ、初めてこの店を訪れた凛が店内を見回しながら言うと、恵梨香も微笑んでうなずいた。

「そうなの。最近見つけたんだけど、味も本格的でめちゃくちゃおいしいのにすごくなのリーズナブルで。すっかり常連になってるわ」

「案外会社から近いのに、気づかないものですね」

「うんうん。ってそんなのはどうでもいいのよ。原口チーフと近藤さん！　なんなのよアレ！　見ててイライラするどころじゃないんだけど！」

原口と芹那の結婚報告以降、秘書室内の雰囲気はあきらかに悪くなっている。

それというのも、秘書室のメンバーが凛と孝充の関係を察していたのもあるが、芹那が以前よりも輪をかけて仕事をしなくなったにもかかわらず、孝充が彼女に注意しないからだ。

とくに凛が頼む雑務は百パーセント理由をつけて撥《は》ねつける。簡単なおつかいを頼めば妊娠を理由に長時間は歩けないと断り、資料の出力を頼めばコピー機の使い方がわからないと孝充に泣きつき、結局ふたりで作業する始末。

誰が注意しても暖簾に腕押しで、秘書室をまとめている孝充が芹那を諌めるべきだが、なぜか彼女の暴挙を黙認しているのだ。

凛は憤慨する恵梨香に曖昧に微笑んだが、まったくもって同意見だった。

さらには連れ違いざまに『まだ辞表、出してないんですかぁ？　そろそろパパに話しちゃいますよぉ』と耳打ちされるなど、フラストレーションはたまっていく一方である。

「近藤さんもひどいし、チーフもチーフだよ。前から思ってたんだけど、チーフって公私分けるの苦手なのかもね」

「え？　どういう意味ですか？」

「なんていうか、プライベートでなにかあるとよくも悪くも仕事に響くタイプって感じ？　凛と付き合いだした頃のチーフの機嫌のよさには笑っちゃったし。忙しくてプライベートどころじゃない時期なんかは、どことなくピリピリしてる感じがした」

「……なるほど」

恵梨香の説明に納得する。たしかに孝充は真面目がゆえに神経質で、完璧主義のきらいがあった。自分が決めた通りに物事が運ばないと許せないようで、予定調和を好むといえば聞こえはいいが、融通のきかないタイプでもあった。

「とはいっても、今のチーフはとても結婚が決まって幸せいっぱいには見えないけどね。あの日、チーフが凛を追いかけていった後の近藤さんの顔、写真に撮っておけばよかったわ」

廊下で対峙した芹那を思い出すと、今でもぎゅっと胸が疼《うず》く。

しかし大きな痛みは感じず、その原因はわかりきっていた。

「で？　副社長とはどうなってるの？」

ここからが本題とばかりに身を乗り出す恵梨香に、凛は口にしたお冷を噴き出すところだった。

「えっ、え？　どうして副社長が……？」

「近藤さんがドアを開けっ放しで追いかけていったから、廊下の声が聞こえてたのよ。彼女的には自分が凛に勝ったと知らしめたかったんだろうけど、結局は副社長に返り討ちにあったのが露見しただけっていうね」

自業自得よね、と恵梨香が笑ったところで、注文したパスタが運ばれてきた。いただきますと手を合わせてフォークを動かしながら、話題は亮介の話へと移っていく。

「話が途中になっちゃったけど、チーフに未練がないのは本当に副社長に口説かれたから？」

「まっ、まさか！　あんなところでもめていたから、機転をきかせて助けてくださっただけです」

トマトソースのパスタを口に運びながら、嘘はついてない、と言い聞かせて罪悪感と一緒に飲み込む。

亮介はあの場から凛を助けるためにひと芝居打ってくれただけだ。

（うん、口説かれてはいない。……結婚は申し込まれたけど）

いくら仲のいい先輩とはいえ、『実は副社長に突然プロポーズされて迷ってて』などと、うかつに相談できるはずがない。

たとえ相談したとしても、きっと信じてもらえないだろう。いまだに凛本人でさえも夢だったのではと思うほど現実味がないのだ。

「まぁそっか。女嫌いでおなじみの堅物副社長だもんね。凛はよく彼に仕えてるよ」

「真面目で厳しいかもしれないけど、優しい人ですから」

あっさりと信じてくれた恵梨香に内心ホッとしながら、つい亮介をかばう言葉が口をついた。

凛は入社して四年目だが、初めから副社長付きの秘書だったわけではない。

秘書室に配属されて初めの二年間は、グループ秘書と呼ばれる業務に携わっていた。

化粧品会社の秘書室とあってみんな華やかで、凛は場違いではないかとドキドキしていたが、ひとつ上の恵梨香は優しく丁寧に指導してくれたため仕事は楽しかった。

その後、孝充の下で社長の第二秘書となり重役秘書のイロハを叩き込まれたが、誰かに褒められたり表に出たりする仕事ではないのに責任は重く、細かい部分にまで気を使わなくてはならない業務に、初めのうちはてんてこ舞い。

来客や電話対応、会議などの資料作成はもちろん、スケジュール管理、出張の交通便や宿泊先の手配、会食のセッティング、慶弔や時候のやり取りなど、業務は多岐にわたる。

ようやくひと通りこなせるようになったと思った矢先、亮介の秘書を務めていた当時の秘書室チーフが家庭の事情で退職することになり、代わりに凛が抜擢された。

突然の辞令に、ほかにも優秀な先輩秘書がいる中でなぜ自分が選ばれたのかと尋ねると、社長が第二秘書だった凛を推してくれたのだと知った。

同じ第二秘書なら年次が上の孝充が妥当な気もしたが、彼は後任のチーフとして役職がつくため、なにかと外に出る機会の多い副社長の秘書は別の人員がいいと決定されたらしい。

選ばれたからにはしっかり役に立たなくてはと、この半年は寝る間も惜しんで仕事に励んだ。

亮介の秘書は凛ひとりしかいないため、これまで第一秘書の林田と第二秘書の孝充と凛の三人でしていた業務を、実質ひとりでこなさなくてはならない。

もちろんグループ秘書からサポートを受けられるが、副社長管轄の企画になると、社内とはいえ守秘義務もある。秘書同士でも話せない内容もあるため、ほぼひとりで亮介の周りの雑務を請け負っていた。

亮介は未熟な凛に決してあきれることなく、この半年、厳しく育ててくれた。

今、こうして彼の秘書としてなんとか業務をこなせているのは、基礎を教えてくれた恵梨香や孝充の教育はもちろん、亮介の厳しいが丁寧な指導の賜物だと思っている。

「優しいとは言っても、さすがに秘書室内のいざこざを相談するわけにはいかないわよねぇ」

「それはさすがに。最悪、林田室長ですかね」

「凛に退職を迫るなんて、あの子本当にどういう思考回路してるのかしら。それに林田室長に話がいけば社長にも筒抜けになりそうだし、そうなると困るのはチーフだと思うんだけど。いったいなにを考えて彼女を放置してるのかしらね」

あきれ気味にため息をついた恵梨香が「やめやめ、ご飯はおいしく食べないとね」と切り替えてフォークを動かし始める。

（チーフがなにを考えてるのかは置いておいて、近藤さんが退職するまであの調子なのは困る。それに、副社長になんて返事をするべきなのか……）

元恋人との修羅場を切り抜けるためについた嘘が、まさかこんな事態になるなんて考えもしなかった。

たしかに周囲からの視線は気になるし、あんな別れ方になった孝充に対して思うところはあるが、あてつけのために結婚したいかと言われれば、そこまでの未練はない。恋愛感情を持っていない相手と結婚するだなんて考えもしなかったし、その相手が自社の副社長ともなれば想像することすらおこがましい気がする。

けれど今の芹那の言動を見ると、このままだと彼女の父親から専務に対してなんらかの圧力がかかるかもしれない。

亮介は簡単にクビにできるような会社ではないと言っていたが、専務は亮介よりもふた回りも年上の男性で、会議でもなにかと意見をぶつけ合う押しの強い人物である。芹那の父に強く言われて意見を押し通そうとすれば、一社員の凛など、どうにでも辞めさせられるだろう。

もしもそんな事態に陥ってしまったら、家族になんと説明するというのか。

（退職だなんて、なんとしても避けたい。考えることだらけで頭が痛くなりそう……）

凛は恵梨香にバレないよう、こっそり深いため息をついてからパスタを口に運ぶ。

おいしいと評判の店だが、この時の凛にはあまり味はわからなかった。

# 2．かわいくなりたい理由

凛がコスメに興味を持ち始めたのは、中学を卒業する頃。

近所に住んでいた五つ上の幼なじみが、高校受験の合格祝いにくれたリュミエールのリップがきっかけだった。

ドラッグストアで買える薬用リップとは違い、とにかくかわいくてキラキラしていて、持っているだけでテンションが上がるパッケージ。

ほんのりと色づくだけのリップバームだったが、塗ってみると顔全体の血色がよく感じられ、顔色や表情まで明るく見えるのに感動すら覚えた。

当時から自分が地味な容姿であると自覚していた凛だが、リップならば自分でも楽しめると、心が浮き立った。

そんな姉を見ていた妹たちがリップに興味を持ったため、凛は〝お化粧ごっこ〟と称して彼女たちにリップを塗ってあげた。すると妹たちは大はしゃぎして喜び、満面の笑みを見せてくれたのだ。

リップのパッケージにも負けないほどキラキラしたうれしそうな笑顔は、凛までも幸せにした。コスメは人をかわいくするだけでなく笑顔まで輝かせるということを、中学生の凛は知った。

それ以来、コスメの持つ魔法のような力に魅了され、自分がメイクをして楽しむよりも、誰かを笑顔にするコスメをつくりたい、いつかキラキラしたコスメをつくる仕事に携わりたいと夢を持つようになった。

現在、リュミエールには高価格帯であるプレステージブランドとして社名を冠する『リュミエール』のほかに『彩花《さいか》』や『コカ』など、価格帯やターゲット層の違う十四のブランドがある。

そこに新たに加わる新ブランドの企画が亮介の主導で進み、来年二月のお披露目に向けて大詰めを迎えていた。

副社長の秘書としてリュミエールの新ブランド立ち上げに関わっている凛は、学生時代の夢を叶えたと言える。

やりがいのある仕事で、毎日が充実している。しすぎているほどに。

「あぁー、今日も疲れた……」

長時間パソコンやタブレットを使用しているため目の奥が熱く、視察や挨拶回りに同行するため足が棒になりパンパンにむくんでいる。

亮介の抱えている案件や立場の責任の重さを考えれば、秘書である凛もミスは許されず、常に神経を張り巡らせているため心身ともに疲労が蓄積されていく。

家に帰り、二階の自室へたどり着くと扉を閉めるのすら億劫で、そのままベッドへ倒れ込んだ。

その様子を見ていた高校生の妹たちが部屋のドアから覗《のぞ》き込み、心配そうに声をかけてくる。

「おかえり、凛ちゃん。大丈夫？」

「もう十時だよ。今日は夜ご飯食べた？」

「ただいま。今日はお昼ご飯が遅かったから大丈夫」

「それ大丈夫って言わないから」

声を揃えて指摘するのは、一卵性の双子でそっくりな顔立ちの寧々《ねね》と美々《みみ》。

黒子として地味なスタイルに徹している姉とは違い、制服を緩く着こなし、外ハネボブにインナーカラーを入れ、ケバくならない程度にメイクも施すなど、きちんとオシャレをして女子高生ライフを謳歌している。

『うちらがこうやってオシャレとかメイクに詳しくなったのは凛ちゃんのおかげなのに、なんで凛ちゃんはいつまで経ってもそんななの！』

『凛ちゃんは本気出せば絶対もっとかわいいのに！　もったいないよ！』

社会人になっても相変わらず地味なままの姉に口を尖《とが》らせる妹たちだが、凛にとっては自分が着飾ることにお金をかけるよりも、母に苦労をかけずに寧々と美々が学生生活を謳歌できる環境を整える方がはるかに重要だった。

双子がオシャレに興味を持ったのは、彼女たちが幼い頃に凛が毎朝かわいい髪形にしてあげていたのがきっかけらしい。

それからリュミエールのリップで始めた〝お化粧ごっこ〟にハマり、凛がリュミエールに入社してからは、サンプルのコスメを持って帰るたびにそれらを使ってメイクを練習していたおかげで、今では凛以上にメイクが上達している。

高校三年生だが、ふたりともすでに美容専門学校へ特待生として進学を決めているため受験戦争とは無縁で、忙しい母や凛に代わって家事を引き受けてくれている。

さらに彼女たちはSNSで自分たちが気に入ったお菓子やコスメ、文房具などを紹介する動画などをアップしていて、三十万人以上のフォロワーがいる。

いわゆるインフルエンサーというもので、流行に敏感な若者の間ではちょっとした有名人らしい。

「ねぇ、ここ最近働きすぎじゃない？」

「うん、さすがにやばいよ」

「心配させてごめん。今はちょっとバタバタしてるけど、あと半年もすれば落ち着くと思う。それにちゃんと残業代はもらってるし」

「せめて遅くなるならどこかでご飯食べて、タクシーで帰ってきなよ」

「えぇ？　もったいないよ」

凛が突っ伏していたベッドから体を起こして答えると、双子は口を尖らせながらぐいっと詰め寄ってくる。

「だって危ないじゃん！　夜ひとりで歩いてて怖い思いをしたって話、ＳＮＳでもたまに見かけるし」

「そうだよ。もしもなにか犯罪に巻き込まれたらもったいないじゃ済まないんだからね。凛ちゃんがそうやってお金を気にするから、企業のＰＲ案件受けるよって言ってるのに」

「それはダメ」

家にお金を入れるためにクタクタになって働く凛に、双子は『ＰＲ動画の仕事を受けて稼ぐよ』と言ってくれる。

企業から依頼を受けたインフルエンサーが、自分たちの動画の中でその商品をＰＲ

して対価の報酬を得るシステムだ。

無料で見られる動画サイトやSNSでの口コミが大きな販促ツールになっているため、フォロワー数が伸びてくると、そういった依頼が舞い込んでくるものらしい。

しかし、今のご時世どんなところから悪意ある大人に搾取されるかわからない。見ず知らずの三十万という人数が双子の動画を見ていると思うと、誇らしく応援したい気持ちと同時に、やはり心配や恐怖心も芽生えてくる。

双子とは八つも年が離れているせいか、ケンカもしたことがないしかわいくて仕方がない存在だ。

いつまで経ってもつい子ども扱いしてしまい、再三ネットリテラシーについて話し、危険がないように活動してほしいと伝えている。

母もそうしたSNS事情には疎いため、学生のうちはSNSで金銭の発生するやり取りは禁じていた。

「ふたりともバイトしてお小遣いはいらないって言ってくれるし、専門学校だって特待生だから入学金も一年目の授業料も免除でしょ？　それだけで十分だよ」

弟は美容師のアシスタントとして働きだしたものの、妹たちはまだ高校生でなにかとお金がかかる。長女として少しでも家計を助けるため、凛は実家で生活しながら給料のほとんどを家に入れていた。

双子もそうした事情から少しでも協力しようと申し出てくれるが、今の生活をつらいと思ったことは一度もない。

憧れていた会社で、大切な家族を守るために働く。それは凛にとって、ごくあたり前の日常だった。


「ここ数日、残業が続いているようだな」

決裁済みの稟議書を受け取り、副社長室から出ようと一礼したところで声をかけられた。

凛の顔色はお世辞にもいいとは言えず、リュミエールの優秀なベースメイクアイテムをもってしても隠しきれていない。

秘書という職業柄、上司の予定によって残業は珍しくないが、ここ数日は雑務に追われているせいで亮介以上に帰りが遅くなることが多い。

亮介主導の新ブランド企画が大詰めを迎えているが、仕事はそれだけではない。

副社長という立場上、決裁しなければならない案件は多数あるし、持ち込まれる稟議書は山のように積まれていく。それを優先順位の高い順に振り分け、亮介の手間を極力減らすのが凛の仕事だ。

さらに先日、取引先の上役の訃報があり弔電や供花などの手配をしたため、出張の経費をまとめたり会議の議事録を清書したりといった細々した業務がたまっていた。

重役秘書の手が回らない部分はグループ秘書がフォローするようになっており、その役割は勉強を兼ねて新人が担う。そのため凛は比較的簡単な仕事を芹那に頼んでいたが、彼女は驚くほど仕事をしてくれないのだ。

「近藤さん。二日前に頼んだ他店の先月の売上まとめの資料、どのフォルダに入れましたか？」

「なんのことですかぁ？　そんなの頼まれた覚えありませんけど」

たしかに頼んだはずの仕事を知らないとシラを切られ、業務が滞る。そんな嫌がらせが日常茶飯事になってくると、凛は証拠を残すため、芹那になにか仕事を依頼する際には社内メールに履歴を残すようになった。それでも『やり方がわからなかったんで、まだやってないです』と悪びれなく言われ、もう自分でやった方が早いとあきらめの境地だ。

もともと仕事に対して熱意のなかった芹那だが、凛の絡んでいる仕事をすべて拒絶しているため、残業せざるをえない。

なぜ恋人を寝取られた側の自分が退職を迫られたり、こんな幼稚な嫌がらせを受けたりしなくてはならないのかと憤る気持ちはあるが、文句を言っていても仕事はたまっていくし、これは秘書室内の問題なので副社長である亮介に言うべき話ではないと口をつぐんだ。

「私の至らなさゆえです。申し訳ありません」

亮介はなにか言いたそうな顔をしたものの、追及せずに話題を変えた。

「ところで、君は非常に優秀だがメイクも服装も素朴だな」

そう指摘されギクリと身を硬くした凛に、亮介は慌てたように首を振った。

「いや、別にそれがダメというわけではないが、うちに入社したからにはメイクや華やかな装いが嫌いなわけではないだろう。自社ブランドなら社割もきくし、十分な給与はあると思ったんだが」

通常、上司から部下へ外見についての指摘をするのはセクハラと取られそうなものだが、凛は不快になったわけではない。

会社に行くにも気を抜かずオシャレなファッションに身を包み、朝早く起きてきちんとメイクをする女性を素敵だと思うし、自社ブランドがどこのコスメよりも優秀でかわいいと確信している。

しかし地味で痩せっぽちな自分が、華やかなメイクや服装をしたところで仕方がない。卑下しているわけではなく、秘書は黒子でいいと思っている。

それに、いかんせん自由に楽しむお金がないのだ。

社会人として最低限の身だしなみは気をつけているつもりだったが、化粧品会社の副社長の秘書として会食などにも同行するのだから、もう少し華やかな装いを意識すべきだっただろうか。

「申し訳ありません。今後、視察や会食などに同行する際は善処いたします」

「いや、とがめているわけじゃないんだ。雑談の中でもっと君を知れたらと思ったんだが……すまない、こういったやり取りに慣れていなくて」

亮介は仕事の用件以外で話すことはほとんどない。凛だけでなくほかの社員に対しても同様だ。それゆえ堅物や鉄仮面などと呼ばれている。

しかし今こうして業務に関係ない話を振ってきたのは、凛を知りたいからだと言う。

戸惑う凛に、苦い顔をした亮介が弁解した。

「企画会議では求められれば積極的に意見を出してくれるし、その意見も流行を押さえた的確なものだから、立花はファッションやメイクが好きなんだと思っていたんだ」

「は、はい。コスメはもちろんお洋服も好きですが、私自身は見ているだけで十分満足と言いますか……家庭の事情であまり余裕もないですし」

「家庭の事情？」

おうむ返しに問われ、ハッと我に返る。ついバカ正直に答えてしまったが、自社の副社長に聞かせる話ではない。

「失礼しました。業務中にする話では」

「君は俺の秘書であり、結婚を申し込んでいる女性だ。差し支えなければ聞きたい」

凛の言葉にかぶせるようにして亮介が言う。決して好奇心などではない真摯な眼差しを向けられ、凛は息をのんだ。

これまでふたりの間では、プライベートに関する話題など、一度も出たことがない。しかし先日元恋人との修羅場を見られ、その延長でなぜか結婚を申し込まれてからというもの、亮介との距離感が多少なりとも縮まった気がする。

自分の話をするのはあまり得意ではないが、進んで話す内容ではないものの特段隠したい話でもない。凛は端的に自身の状況について話した。

「うちは母子家庭で私は四人きょうだいの長女なのですが、下のふたりはまだ学生でなにかと物入りで……。いただいているお給料のほとんどを家に入れているんです」

「父親は？」

「十年ほど前に事故で亡くなりました。母は働いていますし、弟も就職して、もちろん父の保険などもありますが、母ひとりに負担をかけたくなくて」

「そうだったのか」

小さくうなずいて納得した様子の亮介が、一瞬の思案顔の後に尋ねる。

「今日の会食はたしか延期になったんだったな」

「えっ？」

亮介から請われて家族の話をしたものの、それ以上会話を広げるわけでもなく、相づちひとつで終了した。

もっと話がしたかったわけではないが、なんだか肩透かしを食らった気分だ。とはいえ、そんな本音は秘書の仮面の下に綺麗に隠す。

「はい。『イズミ百貨店』の和泉《いずみ》社長の秘書の方から、社長の奥様の体調が思わしくないので延期してほしいと伺っております」

唐突にスケジュールの話に移り驚いたが、凛は頭の中で手帳をめくり答えた。

「お見舞いのお品をご用意いたしますか？」

「あぁ、ありがとう。任せる。それと、今夜は空いているか？」

「はい。十九時より会食のご予定で、その後はなにも入れておりませんでしたので、本日はなにもございません」

副社長肝いりの新ブランド企画が走り出して以降、亮介はずっと働きづめだ。

秘書として彼の体調管理も担う凛は、なるべく詰め込みすぎないスケジュールを心がけている。しかし彼はストイックな性格かつかなりのワーカホリックで、ちょっとした空き時間に自ら予定を詰めてしまうのだ。

「たまにはゆっくりお休みに――」

「それなら、ちょっと付き合ってくれ」

凛と亮介の声がかぶったが、ここは亮介が押し通した。

「十八時に社を出る。君も今日は残業しないように。時間になったら声をかける」

「……承知しました」

約束の時間ぴったりに秘書室へ現れた亮介に連れられ、着いた先は『ソルシエール』という高級アパレルブランドの本店。

ブラックスーツを着た海堂家お抱え運転手の真鍋《まなべ》が運転席から降り、後部座席のドアを開けた。

「ありがとう。今日はこれで下がってください」

亮介は二十ほど年上の運転手に対し、毎日礼儀正しくねぎらいの言葉をかけている。自分の立場におごらず、年上の相手への礼節をわきまえているところを凛は好ましく思っていた。

「かしこまりました。では明日いつも通りのお時間にご自宅へお迎えに上がります」

「よろしくお願いします」

後部座席から降りた凛が困惑に固まっている間に、真鍋は再び運転席に乗り込み、黒塗りの高級車が走り去っていく。

(てっきり旗艦店か百貨店に視察に行くんだと思ってた。どうしてアパレルブランドに……?)

頭の中ははてなでいっぱいだが、上司の前で戸惑いを前面に押し出した振る舞いをするわけにいかない。

真面目な凛は秘書の仮面をつけたまま、隣に立つ亮介を仰いだ。

「行こうか」

迷いなく歩みを進める亮介に続き、凛も店内に足を踏み入れた。

落ち着いた淡いピンク色の壁に、ヴィンテージ風のポスターが白色や金色の額縁に入れて飾られており、天井には小さなシャンデリアがいくつも吊るされている。

いかにも女性の夢を詰め込んだかわいらしく華やかな店内には数名の女性客がおり、各々買い物を楽しんでいた。

（わぁ……！　やっぱりソルシエールの服ってかわいい。お店の雰囲気ともぴったりだし、ブランドコンセプトがぶれないって大切だな）

什器や棚だけでなくインテリアのソファに至るまで白色で統一されており、お姫様の部屋をイメージしているのがよくわかる。

凜の真面目な秘書の仮面が剥がれ、そわそわと店内を見回した。その様子を亮介がじっと見つめているのにも気づかない。

（ここの服を着たら、どんなメイクがいいかな。清楚なピンクメイクはもちろんだけど、ヌーディーメイクにリップだけ鮮やかな赤を入れたり、カーキのアイシャドウとアイラインで目もとを涼しげにしても映えそう）

自分自身が華やかなメイクやオシャレをするのはためらいがあるが、色彩検定やカラーコーディネーター検定を受検したり、流行のメイクを研究したりするなど、メイクについて学ぶのが好きだ。

秘書業務でもたくさんのコスメに触れる機会があるため、かわいらしく洗練されたパッケージに心が躍る。

本来かわいいもの好きの凛にとって、コスメはリュミエール、アパレルはソルシエールが昔から憧れのブランドだった。

素敵な服もコスメも自分には縁がないが、妹たちが着たらさぞ似合うだろうと考えるだけで頬が緩む。

「いらっしゃいませ」

店内をうっとりと眺めていると、奥から細身の黒いスーツを着た女性の店員が声をかけてきた。

(あれ？　そういえば副社長はここになにをしに来たんだったっけ……？)

凛が亮介に視線を向けると、彼もまた凛を見つめていた。その眼差しは秘書に向けるにしては甘すぎて、堅物副社長の異名がかすんでしまうほど。

(なっ、なんでそんな目で見てるんですか……)

ふたりの視線が絡まり、凛はすぐさま目を逸らす。そのほんの一瞬の交わりに、大げさなほどドキンと心臓が跳ねた。

「彼女に似合う服をいくつか見せてもらえますか。そうだな、とりあえず二週間分のコーディネートを組んでほしい」

「かしこまりました」

聞こえてきた亮介のセリフに、凛はぎょっとする。

「ふっ、副社長っ？　あの、いったいどういうことでしょう？」

「いいから。とにかく着てみてくれ」

彼の意図がまったくわからないが、上司に言われては真面目な秘書の凛は断れない。

嬉々として大量の服をコーディネートし始めた数名のスタッフに代わる代わる着替えさせられ、そのたびに亮介を呼んでお披露目し、彼の感想をもらうのを繰り返す。

「あぁ、これもいいな。さっきのワンピースもかわいかったが、パンツスタイルもよく似合っている」

「……ありがとう、ございます」

いったいこれはどういう状況なのか？

凛の混乱はますます深まっていく。これまでの冷静沈着な亮介の印象とは違い、やわらかく微笑まれたらどうしていいのかわからず、身の置きどころがない。

さらに困るのは、初めて見るその表情に凛自身がドキドキしていることだ。

重役秘書が仕える上司に懸想《けそう》するなんて、そんなの許されるはずがない。

そう思いつつ、あの完璧なまでのルックスを誇る男性から、着替えるたびに目を細めて「かわいい」「似合う」と褒められれば、鼓動が勝手に騒ぎだしてしまう。

しかしひとたび更衣室に戻って鏡を見ると、ため息が漏れる。

服はこれ以上ないほど素晴らしいが、着ている人間が自分では魅力が半減だ。

真っすぐな黒髪をひとつに縛っただけの髪形や、ほとんどカラーを取り入れていないシンプルすぎるメイクでは、完全に服に負けている。

そろそろ着替えにも疲労を感じてきた頃、カーテンの外で亮介がスタッフに「じゃあ、今彼女が着たものを全部ください」と告げているのが聞こえた。

（新ブランドのPRに必要ってこと？　ポスターでモデルさんに着てもらうイメージサンプルかな？　先にイメージを伝えてくれれば、昼間にひとりで買いに来たのに。私が試着した意味ってある……？　それにしても総額いくらするんだろう）

購入したのはオフィスで着られそうな綺麗めなブラウスやボトムから、普段使いできそうなカジュアル路線のトップスやデニム、さらにデートやちょっとしたパーティーにも行けるようなワンピースやドレスなど、ざっと三十点ほど。

それに加えて靴やバッグも追加されていて、フィッティングルームから出てくると、亮介が頼んだ大量の商品がラックにかけられている。

当然経費として計上する予定だが、一気にこれだけの買い物をしたことがない庶民の凛にとって、いくらになるのか想像もつかなかった。

「いくつか持って帰って、あとは配送にするか。立花」

「はい」

会計している亮介から阿吽《あうん》の呼吸で配送伝票を受け取り、スラスラと会社の住所を書いていく。職業柄、自宅の住所以上に会社の住所の方が何倍も書き慣れていた。

「新ブランド用なら、秘書室ではなく副社長室へ直接運んでもらいますか？」

新ブランドの企画は副社長が選抜したメンバーによって進められており、社内の人間であっても企画メンバー以外には一定以上の情報は伏せられている。

「なにを言っているんだ、これは君のものだ。君の自宅へ送ってくれ」

それを配慮して尋ねた凛だったが、頭上から聞こえたのは亮介のあきれた声だった。

「……はい？」

「家族のためにがんばっているのはわかったが、自分を顧みていないだろう。これは普段尽くしてくれている君への礼だ、受け取ってくれ」

そこまで言われ、ようやく意味を理解した。この大量の服は仕事に使うものではなく、凛に買い与えてくれようとしているのだ。

先ほど会社で家庭の事情について話したため、気を使わせてしまったに違いない。

「いっ……いただけません！　そんなつもりで話したわけじゃ」

「わかっている。だが婚約者にプレゼントするのは不自然じゃないだろう」

「婚……っ⁉」

凛は絶句したが、亮介は至って平然としている。

たしかに結婚を申し込まれてはいるものの、まだ承諾した覚えはない。

「待ってください、副社長」

「気に入らなかったか？」

「いえ！　ソルシエールは女性なら誰もが憧れるブランドですし、どの商品も素敵なお洋服ばかりでしたけど」

「ならば受け取ってくれ。今後、新ブランドの完成披露に向けて会食やパーティーへの参加も多くなる。持っていて損はしないはずだ」

「ですが」

「ここで押し問答していても、店の迷惑になるだけだぞ」

亮介の言葉にハッとして視線を泳がせると、担当してくれていたスタッフ数名が困ったようにこちらを眺めている。

「うっ……」

「ほら。観念して自宅の住所を書いておけ」

どことなく楽しそうな亮介の声に促され、凛は新しくもらった伝票に震える手で実家の住所を記入した。ちらりと視線だけ上げて彼を盗み見ると、口の端を上げて凛を見下ろしている。

その後、数点だけはそのまま持ち帰れるように包んでもらい店を出た。その大きなショップ袋も亮介が持ってくれている。

「あの、副社長。本当にこんなにたくさんいただいていいのでしょうか?」

「あぁ」

「でも私は、まだ例の件を承諾したわけでは……」

結婚やプロポーズといった直接的なワードを避けたのは、どうしても意識しすぎて恥ずかしかったからだ。

ぼかして伝えたものの、亮介にはきちんと正しく伝わったらしい。

「わかっている。これは日頃の礼だと言っただろう。プロポーズの返事はゆっくり考えてくれていいし、受け取ったからといって結婚を強要したりしない。だが俺は立花と結婚したいと思ってるし、うなずいてもらえるように接していくつもりだ」

「副社長……」

「あぁ、ただひとつだけ。できればこれを機に、人のためばかりで自分を疎かにするのはやめてほしい。がんばり屋で我慢強いのが立花の長所でもあるが、君を大切に思う周囲の人間はもどかしく感じているはずだ。わがままになれという意味ではないが、もっと周りに頼ったり甘えたりする術を覚えろ」

「周りに、甘える……」

もともとの真面目な性格に加え長子として育った環境も相まって、凛は他人に甘えたり、感情を表に出したりするのが苦手だ。

母は『私も働いてるし、お父さんの保険金もあるんだから大丈夫よ』と常々言っているが、母だけに苦労させるわけにはいかないと、自分のことを後回しにして給料のほとんどを家に入れている。

孝充から別れ話をされた時も、職場で彼の結婚を報告された時も、感情を表に出さないよう自分を戒めていた。

節約しながらの生活は大変だし、裏切られれば傷つきもするが、凛自身はそれを静かに受け入れている。自覚はないが、我慢するのに慣れているのだ。

しかし、亮介はもっと周囲に甘えていいのだと言ってくれた。服をプレゼントされた以上に、その言葉がうれしい。

「その相手として、俺を選んでくれるとうれしい」

普段はポーカーフェイスな亮介が少し照れくさそうに言うのを目のあたりにして、凛は胸の高鳴りを抑えきれない。

孝充と交際していた一年間で、こんなにもときめいたことがあっただろうか。

（私、副社長相手にすごくドキドキしてる……）

亮介が凛に結婚を申し込んでいるのは恋愛感情からではなく、秘書の失恋現場に偶然居合わせたのが発端だったはずだ。

その場をしのぐために恋人のふりをしてくれて、さらに互いにメリットがあるからと結婚を提案された。

いわば偽装結婚や契約結婚のようなものなのに、今日の亮介の凛に対する態度はまるで本物の恋人に対する言動のようで、ひとりで舞い上がってしまいそうだった。

「食事に誘いたいが、立花は実家だったか。家事も君が？」

「いえ。高校生の双子の妹がほとんどやってくれています。母は看護師で夜勤もあるので」

「まだ高校生か。それなら遅くまで引き止められないな」

「はい、いいえ、あの、申し訳ありません」

まさかこのまま食事に行くつもりだったと知り、凛はあたふたと答えに窮する。

会食などに同席する機会はあっても、亮介とふたりきりで食事をしたことなど一度もない。

「次は事前に予定を決めて誘うようにする」

亮介が呼んでいたタクシーで送ってもらいながら、凛は亮介の真意を測りかね、ただ顔を熱くするしかできなかった。

翌日。さんざん悩んだ揚げ句、凛は昨夜買ってもらった服を着て出社した。

やわらかい素材の白いブラウスに膝が隠れる丈のフレアスカートを合わせ、その上に山吹色のカーディガンを羽織っている。

(どうしよう。急に服装を変えて行ったら、やっぱり変に思われるんじゃ……)

いつもはシンプルなスーツ姿なため、こうして色を取り入れたオフィスファッションで会社に行くのは初めてだった。

デスクに着くなり、恵梨香が話しかけてくる。

「ちょっと凛! どうしたの? ずいぶんイメージが違うじゃない」

「……あの、変ですか?」

「まさか。すごくいいと思う。私がいくら『堅すぎる格好じゃなくて大丈夫』って言ってもずっとスーツだったのに。どういう心境の変化？」

「えっと……」

答えに詰まっていると、「朝礼を始めます」と孝充の声がしておしゃべりが中断された。

すぐにタブレットを持って立ち上がると、輪の中心にいる孝充が鋭い目でこちらを見ている。

少し色味が派手だっただろうかと心配になったが、朝礼後もほかの先輩秘書から恵梨香同様に褒めてもらえたので、彼の睨むような視線は気にしないことにした。

デスクでメールのチェックを終え、腕時計で時間を確認し、亮介を出迎えるためにエレベーターホールへ向かう。

（本当に着てきちゃったけど、よかったんだよね？）

亮介からどんなリアクションがあるのか未知数で、エレベーターの階数表示が上がるごとに鼓動が速くなっていく。

ポン、と軽い音を立てたエレベーターから亮介が降りてきたのを確認し、なんとか秘書の仮面を貼りつけて頭を下げた。

「おはようございます」

ている。

「あぁ、おはよう」

顔を上げると、いつもならすぐに歩き出す亮介がその場にとどまって凛を見下ろし

(なっ、なに……?)

困惑に固まる凛をよそに、亮介はふわりとうれしそうに微笑んだ。きっとここにほかの社員がいたら、堅物副社長の笑顔に度肝を抜かれただろう。

すぐに咳払いをしてポーカーフェイスに戻ったが、取り繕うような仕草が素の感情だったのだと思えて、彼の視線を直接受け止めた肌がくすぐったい。

なにを言うこともなく歩き出した亮介のその表情を見られただけで、凛はもらった服を着てきて正解だったと感じた。

その日は秘書課の人間だけでなく、新ブランド企画で関わる企画部や開発部のメンバーからもファッションを褒められ、いかに自分が今まで身だしなみに手を抜いていたかを実感する一日となった。

そうなると、ナチュラルすぎるメイクや、野暮ったい黒髪まで気になってくる。

(副社長のあの髪は地毛なのかな。たしか会長の奥様がフランスの方だったはず)

フランス人の妻が光り輝くようなコスメをつくろうと、フランス語で〝光〟という

意味のリュミエールを立ち上げたのが亮介の祖父であり、現会長の海堂士郎《しろう》だ。

亮介には四分の一だけフランスの血が通っている。彼のような美しいブラウンとまではいかなくても、少しだけ色を明るくしてみるのはどうだろう。

（大志《たいし》に頼んでみようかな）

凛の弟の大志は五歳年下で、美容師アシスタント二年目の二十二歳。まだ店の客を相手にカットはさせてもらえないため、よくカットモデルを引き受けてくれた友人を相手に練習しているらしい。

思い立ったらすぐに行動しようと、凛は昼休みに【髪を染めようと思うんだけど、大志の美容院に行ってもいい？】とメッセージを送った。

すると、今日は大志の勤める美容院は定休日だが、専門学校時代の同期がちょうどカットモデルを探しているらしく、予定が合うなら仕事終わりに同期の店に連れていってくれると返信がきた。

この機会に、少しだけ自分を甘やかしてみてもいいかもしれない。亮介に自分を顧みていないと指摘されたばかりだ。

（もし私があの服に合わせてヘアメイクを変えたら、副社長はなんておっしゃるだろう……）

昨夜、ソルシエールの試着室で何度も聞いた『かわいい』『似合うな』というセリフが、頭から離れない。

凛は早速約束を取りつけ、今日も早く上がれるようにひたすら仕事に没頭したが、ふと自分の行動に疑問が湧いてくる。

(なんだか、副社長に『かわいい』って言ってほしくて必死になってるみたい)

湧き上がった疑念をとっさに否定する。

(違う違う。ただ化粧品会社の秘書として、もう少し身だしなみに気をつけなくちゃっていう話であって、そういうやましい意図はないわ)

心の中で誰にともなく言い訳をしながら業務をこなし、あっという間に終業時刻となった。

亮介は製薬会社の社長との会食のため、父親である社長と第一秘書の林田とともに先ほど出ていった。

本来なら凛も同席するところだが、最近残業が続いていることや、相手方が秘書も含め皆男性でかなりの酒豪揃いだという理由から、今日の席ははずれるようにと指示が出た。申し訳ない気もするが、亮介からは『残業せずに帰るように』と念を押されている。せっかく空いた時間を有効に使いたい。

退勤してスマホを確認すると、すでに会社の近くまで大志が迎えに来ているとメッセージが入っていた。

それに返信しながら急いでエントランスから出ると、ほんの二十分前に会社を出たはずの亮介がこちらに歩いてくるところだった。

「立花。今帰りか」

「はい。副社長はどうして……これから会食では？」

「あぁ、ちょっと忘れ物を取りに」

「ご連絡いただければ私が持って伺いましたのに」

「いや、残業せずに帰るよう指示したのに、忘れ物をしたから持ってこいなんて言えないだろう」

バツが悪そうに苦笑する亮介に、凛もクスッと笑う。

これまでは事務的なやり取りしかしてこなかったが、廊下で修羅場を見られて以降、業務外ではこうしてポーカーフェイスを崩して会話をするようになった。

感情を表に出さないように努めていたが、亮介につられて笑みがこぼれる回数が増えた気がする。

秘書としてはあまりよくない気がしたが、亮介がそれをとがめる様子はなく、むしろ彼の方から話しかけられる機会が増えて、戸惑いつつもそれが嫌ではないことに気づいていた。

「そういう顔を、もっと俺だけに見せてほしい」

「え……」

「不貞を働いた男などさっさと忘れて、早く俺に落ちてくればいい」

真顔で言われ、凛は言葉を失う。

これはきっと、互いにメリットのある結婚についての返事を急かされているだけ。口説かれているわけじゃない。

そうわかっているのに、体中の血が顔に集まってくるのを止められない。

「……あの、えっと」

どう返せばいいかわからずにいると。

「凛！」

オフィス街には不釣り合いな大声で名前を呼ばれ、凛は弾かれたように振り返る。

「大志？」

「おっせーよ。早く行かないと約束の時間に間に合わなくなるぞ」

「ご、ごめん、わかってる。もう行くからちょっと待って」

腕時計を見ると、たしかにこれから美容室のある駅まで地下鉄で向かうのにギリギリの時間。

再度亮介に向き直ってその場を離れようとした瞬間、「彼は？」と地を這うような低い声が聞こえた。

「あ、あの……会社の前で騒ぎ立てまして、申し訳ございません。すぐに移動しますので」

「あいつと待ち合わせだったのか」

聞いたことのない不機嫌な声に思わずびくっと体をすくめる。そんな凛を見て、亮介の顔が苦しげにゆがむ。

なぜそんな顔をさせてしまっているのかわからず、凛は早口で説明した。

「弟とはもう少し先の地下鉄の駅で待ち合わせだったのですが、私が遅かったので迎えに来てくれたみたいで」

「……弟？」

「もちろん今日中にしなくてはならない業務はすべて終わらせております。あの、いただいた服を着て出社したら、いろんな方から褒めてもらえて……化粧品会社の秘書として恥ずかしくないように、その、もっと似合うようになりたくて、美容師の弟にアドバイスしてもらおうと思いまして……」

焦っているせいで言わなくてもいい話まで口走っている気がしたが、とにかく一気にまくし立てる。

すると目の前の亮介が大きな手で目もとを覆い隠し、はあーっと大きく吐いた。

「あっ、あの……」

いったいなにが上司をあきれさせたのだろう。初めて亮介の秘書に抜擢された時でさえも、ここまで彼に大きなため息をつかせたことはなかったはずだ。

焦りと困惑で身動きが取れないでいると、亮介が顔を覆っている手と反対の手を凛に向けてきた。

「すまない。気にしないで忘れてくれ。立花にはなにも非はない。自分の情けなさを痛感しているだけだ」

「情けなさ、ですか……？」

「君が男と待ち合わせしていると知って、頭に血が上った」

その言葉の意味を理解するのに、数秒を要した。

（そ、それって……）

まるで嫉妬しているかのようなセリフに、凛の鼓動は大きく跳ね上がった。

「悪い、急いでいるんだよな。行ってくれ。俺ももう行く」

「は、はい。お時間を取らせて申し訳ございません。お先に失礼いたします」

勘違いで真っ赤になっているであろう顔を見られたくなくて、凜は額が膝につくほど勢いよくお辞儀をすると、そそくさと大志の腕を引っ張ってその場を離れた。

「ねぇ、あの恐ろしく美形な男、誰？」

一部始終を見ていた大志に尋ねられ、凜は平静を装って答える。

「リュミエールの副社長だよ」

「付き合ってんの？」

「まさか！　秘書として彼の下で働いてるの」

「……へぇー」

まったく納得してなさそうなニヤニヤした顔で返事をする大志の肩をぺしっと叩きながら、凜は地下鉄で美容室に急ぐ。

なんとか約束の時間に間に合い、凜はカットモデルということでカラー料金のみで施術を受けられた。

黒髪をブラウンに染め、緩いパーマをかけてスタイリングしやすくカットしてもらうと、少し垢抜けた気がする。

これなら亮介の隣を歩いてもいいかもと想像し、それが副社長と秘書としてでなく、買ってもらったワンピースで手をつなぐ想像をしてしまい、ひとりもだえたのだった。

週明け、相変わらず芹那は頼んだ仕事をまったくせずに周囲をあきれさせるばかり。秘書室チーフである孝充も我関せずで注意しないため、うんざりして叱りたくなるが、相手が妊婦だと思うと強く出られない。

どうしたものかと頭を悩ませていると、いつもより少し遅れて出社してきた亮介から開口一番に「いいな、その髪」と髪形を褒められ、鬱々とした気分が吹き飛んでいった。

「黒髪もよかったが、少し明るい色もよく似合う」

「ありがとうございます」

いつもは清潔感を重視して簡単なひとつ縛りしかしていなかったのを、美容師に教えてもらったようにスタイリング剤をもみ込み、トップに高さを出して結んでみると、驚くほど印象が変わった。

シルエットが綺麗な開襟シャツとアンクル丈のパンツというコーディネートに、今日は亮介と会社を出て百貨店への視察があるため、歩きやすいようにヒールは低いが秋らしいワインレッドのパンプスを合わせている。

亮介に褒められ、鏡の前であれこれと迷ったかいがあったとうれしくなった。まるで初めて恋をした学生のようで気恥ずかしいが、喜びに胸が温かくなるのを感じる。

「よし、じゃあ行くか」

「はい」

すぐに仕事モードに切り替えた亮介に続き、凛も完璧に秘書の仮面をつけて後を追ったが、彼の右手がこめかみを押さえているのが気になった。

（あれ？　副社長、もしかして……）

彼は営業やマーケティングから提出された数字を隈なく把握しているが、実際に自分の目で現場を見るのを好む。流行や売れ筋などは現場の声を聞くのが一番だというのが彼の信条らしい。

仕事へ熱意を傾ける亮介を支えたいと感じたのは、彼の秘書になって間もない頃だ。慣れない業務に四苦八苦しながらも、彼を支えることでリュミエールの素晴らしいコスメを生み出す手伝いをしているのだと思うと、自然と仕事への誇りも持てた。

「まずはイズミから向かうか」

「その前にドラッグストアに寄りましょう。真鍋さん、一番近くの薬局へお願いできますか？」

　車に乗り込むなり、凛は亮介に反した意見を出した。凛が上司に対してこのような振る舞いをするのは初めてで、亮介は隣で怪訝な表情を浮かべている。

「今日はドラッグストアの視察の予定はないはずだが」

「差し出がましいようですが、体調が優れないのではないですか？」

　出社してすぐには気づけなかったが、こうして後部座席に並んで座ると、あまり顔色がよくないように見える。

　この半年間、上司の意向を先回りして読める優秀な秘書を目指して亮介を観察し続けたおかげで、彼は疲れがたまるとひどい頭痛がするのだと知った。

　いつもなら自分で頭痛薬を飲んでいるようだが、今日の様子を見る限り、薬を切らしているのではないかと凛は考えた。

　ここ最近は激務が続いており、週末は会食の予定も入っていた。きっと十分な休息が取れていないのだろう。やはり右手の中指を頻繁にこめかみにあてている。

「もし朝食を召し上がっていないのなら、なにかおなかに入れてから薬を飲んだ方がいいと思います。薬やお水と一緒になにか買ってきますので、それまでは少しお休みください。各店舗には少しだけ遅れると連絡しておきます」

移動時間と凛が買い物をしている間だけなので、せいぜい三十分くらいだが、それでも眠らないよりはマシなはずだ。

そう考えて提案すると、凛の言葉に亮介が驚いた顔をして、じっとこちらを見つめている。

「……よくわかったな」

立場ゆえなのか本人の性格なのか、彼はどれだけつらくても秘書にさえ弱音を吐かない。

だからこそ凛が先回りする必要があるのだ。

「私は副社長をずっと見てきましたから」

凛がそう告げると、驚きに満ちていた彼の眼差しが、じわじわと熱を帯びていく気がした。

(あれ？　なにかおかしなこと言った……？)

視線を逸らすタイミングを失い、凛もまた彼を見つめ返す。

「君は……本当に俺の心を揺さぶる天才だな」

先に視線を逸らしたのは亮介だった。

前髪をくしゃりと握るようにかき上げると、背もたれに体を預けて大きく息を吐き出す。

「ありがとう。君の言葉に甘えて少しだけ寝る。薬と軽食を頼んでもいいか？」

「は、はい。もちろんです」

凛が大きくうなずくと、彼は気怠《けだる》そうに目を閉じる。

その様子を横目で確認しながら、凛はなぜか早鐘を打つ自分の胸をぎゅっと押さえ込んだ。


その後、三十分ほど眠った亮介は軽く食事をして薬を飲んだおかげか、少し顔色が戻ったように見えた。

予定通りイズミ百貨店へと向かう。

「イズミは全店の中でずっと首位をキープしているな」

「はい。報告書には、複数のインフルエンサーが動画に取り上げてくれたおかげで、リュミエールの既存のリップの売上がかなり伸びているとありました」

「あぁ、下半期のベストコスメを選出してるのか」

この時期、美容雑誌がこぞって下半期に発売されたコスメの総括を掲載するのに合わせ、美容系のインフルエンサーも自身のコンテンツを使って独自のベストコスメを選出し、ランキングを発表するのが恒例となっている。

「そうですね。あとは彩花のクリスマスコフレの予約数ですが、前年と比べて少し伸び悩んでいます。こちらは隣の店舗のコフレの人気ぶりに押されている形のようです」

真鍋が運転する後部座席に座り、タブレットでリュミエールのほかにいくつかのプレステージブランドが入るイズミ百貨店の動向をチェックする。

彩花の隣にある海外ブランドのクリスマスコフレは毎年爆発的な人気で、実は凛も双子の妹にねだられて買ったことがある。例年童話のヒロインをモチーフにしていて、ストーリーと絡めてデザインされたパッケージはどれもうっとりするほどかわいい。

ただコスメとしては日本人には色が奇抜で発色がよすぎるため、万人が使いやすいかといえばそうではなかったが、今年はそこを改良してきているようだ。

そう話すと、亮介が押し黙ってこちらを見ている。

「副社長？」

「立花がうちを選んだ理由を聞いてもいいか？」

まるで就職の面接のような質問に面食らいつつ、凛は真面目に答えた。

「高校受験に合格したお祝いに、リュミエールのリップをもらったんです。これまで自分で薬局で買っていたスティックタイプじゃなくてジャータイプのリップバームで、とにかくパッケージがかわいくて。使ってみるとほんのり唇がピンクに色づいて、顔全体が明るく見えるような気がしました。私って女の子なんだなって思わせてくれる、キラキラした魔法みたいなコスメが大好きになりました」

見かけだけでなく、保湿された唇はプルプルになり、実用性も抜群だった。

「でも自分が使いたいというよりは、誰かがコスメを使って笑顔になる瞬間が好きなんです」

「笑顔になる瞬間？」

「はい。以前お話しした通り、私には双子の妹がいるのですが、彼女たちにリュミエールのリップをつけてあげたら、とっても喜んでくれたんです。パッケージを見て『お姫様みたい』って大はしゃぎして……。もともとかわいいんですけど、うれしそうな笑顔がまぶしいくらいにかわいくて。そんな妹たちを見て、私もみんなを笑顔にする魔法みたいなコスメをつくり出すお手伝いがしたいと思ったんです」

あの時の妹たちの笑顔を思い出すだけで頬が緩む。

当時を思い出しながらリュミエールに入社したきっかけを話していると、亮介がじっと凛の顔を見つめているのに気づいて口を押さえた。

「す、すみません。つまらない話を長々と……」

ここ最近は亮介とプライベートな会話をする頻度が増えたせいか、胸がドキドキ騒がしくなったり、こうして熱く語ってしまったりと、秘書の仮面が剝がれやすくなっている。

気を引きしめなくては、と凛がこぶしを握りしめると、亮介はうれしそうに微笑んで首を横に振った。

「いや、君の話を聞けてうれしい」

できればもっといろんな話をしたいと続けて告げられ、その優しい眼差しに心の奥がくすぐられたような感覚になった。

結婚を提案されて以来、少しずつではあるけれど、確実に亮介との心の距離が縮まっている気がする。

「先日の弟さんといい、今の妹さんたちの話といい、きょうだい仲がいいんだな」

「そうですね。年が離れているせいか、あまりケンカとかもしなかったです」

「志望動機を聞くと、やはり立花は自分よりも〝誰かのため〟というのが根底にあるんだな。長女気質ってやつか。その気遣いに俺はいつも助けられている」

「いえ、そんな」

「立花がうちを選んでくれてよかった。ありがとう」

真っすぐに感謝を伝えられ、喜びで胸が締めつけられる思いだったが、照れくさくてどんな表情をしたらいいのかわからない。

けれど仕事に厳しい亮介から秘書として認められているのだと思うと、よりいっそう彼に尽くしてがんばろうと思えた。

「きっかけはジャータイプのリップバームか。十年くらい前に爆発的に流行ったな。たしか蓋には誕生月ごとに色の違うガラス石を使ったやつだったか」

「そうです、そのリップです！」

今はもうそのデザインは廃盤になっているが、同じ処方のリップは健在だ。

「たくさんの女性に交じってわざわざ店頭で買ってくれたのかなと思うと、申し訳ない気もしましたけどうれしかったです」

「……プレゼントしてくれたのは男か？」

「はい、近所に住んでいた五つ年上のお兄ちゃんです」

中学三年生の頃、受験合格を祝ってリップをくれた阿部修平《あべしゅうへい》は凛の実家の近くに住む大学生で、小学生の頃はよく公園で一緒に遊んでもらっていた。

彼が中学へ通うようになってからは会う頻度はぐっと減ったが、母親同士の仲がよかったため、たまに交流があった。

きっと受験合格も母を通じて知ったのだろう。わざわざお祝いを届けてくれたのだ。同級生の男の子とは違い物腰のやわらかい修平は当時大学二年生で、中学生の凛にとってはとても大人に見えた。

一緒に遊んでもらっていた頃のように「修ちゃん」と呼んでいいのかわからず、お礼を言うのも恥ずかしくて小声になり、母に笑われたのを覚えている。

「彼は就職を機にひとり暮らしを始めたので、もう十年近く疎遠ですけど」

「……妬けるな」

ぼそりとつぶやいた亮介の声を聞き逃してしまった凛が隣を見上げると、彼は苦い顔をして髪をかき上げた。

「弟さんの件といい、その幼なじみといい、自分がこんなにも嫉妬深いとは思わなかった」

独り言なのか凛に聞かせたいのかはわからないが、仕事中だというのに不覚にもドキッとした。

今の発言を額面通りに受け取るならば、先週大志と鉢合わせした時も、修平からプレゼントをもらった話にも、亮介は嫉妬しているということになる。

（いやいや、まさか。だって副社長は私を好きで結婚を申し込んだわけじゃないし）

先日の彼の言葉を思い出す。

『互いに結婚することで問題が解決できるんだ、悪くない話じゃないか？』

縁談よけや両親を安心させるために結婚しようという考え方は凛にはなかったが、亮介なりに凛との結婚を真面目に考えているというのは伝わっている。

けれど、それはあくまで彼にとって結婚にメリットがあるからだ。

これまでの副社長と秘書という関係性から脱却するために口説き文句を並べているのだとわかってはいても、自分に対し独占欲を抱いているようにみせる亮介にドキドキさせられっぱなしだ。

冷静にならなくてはと自分を戒めてみても、車内に漂うむず痒《がゆ》い空気にのまれ、心拍数は上がりっぱなし。

結局なにも言い返せず、そのままタブレットに視線を落とし、仕事に切り替えたふりをするので精いっぱいだった。

# 3．凛とした彼女《亮介Side》

昨夜から悩まされていたひどい頭痛がすっかり治まったのを感じながら、先ほど「お先に失礼いたします」と一礼して退勤した彼女に思いを馳せる。

女性として意識したのはいつからだろう。

新入社員として秘書室に配属され、グループ秘書として働く凛の顔と名前はうっすらと認識していたが、ただそれだけだった。

亮介に長年ついてくれていた男性秘書が家庭の都合で退職すると、後任として父である社長の第二秘書をしていた凛が抜擢された。

父や秘書室長の林田いわく、細かいことに気がきいてよく周りを見ているところや、就業中は感情を表に出さず仕事に徹する姿勢など、重役秘書の適正が高いという。

しかし亮介は女性の秘書がつくことに不安を抱いていた。

これまでの女運のなさは尋常ではない。

振り返れば、亮介は幼稚園児の頃から恐ろしくモテた。四分の一だけフランスの血が入っているため幼い頃はとくに日本人離れした容貌で、まるで天使のようだと褒め称えられ、周囲にはいつも多くの人がいた。

小学校を卒業し、中学に入学してもそれは変わらず、周りの女子からアイドルのように持てはやされたが、年頃の男子中学生にとって『かわいい』『綺麗』というのは褒め言葉にはならない。

さらに自分がいないところで繰り広げられる争い事が恐ろしく、女子とは距離を置いていた。

高校へ入学する頃にはグッと背も伸び、天使のようなかわいらしさから彫刻のような美しい青年へと成長すると、周囲の女性たちの反応はことさら過激になっていく。

幼い頃は見た目に惹かれて寄ってくる女子が多かったが、大人になるにつれて亮介の美麗な外見に加え、大企業の御曹司という立場に魅力を感じる女性が増えていき、玉の輿に乗りたいという願望が透けて見える女性たちからのアプローチがひっきりなし。誰も彼も亮介の前では清楚に装っているが、腹の中では凶暴な肉食獣を飼っているように見えた。

告白を断った女性がストーカー化したのは一度や二度ではないし、顔と名前が一致しない女性から婚約破棄の慰謝料を請求されたこともある。

亮介が麗しい見た目とは裏腹に〝堅物〟などと呼ばれるようになったのは、仕方のない話だ。

だからこそ、女性秘書を置くことに初めは抵抗があった。きっとろくなことにならない。惚れられて面倒になるのはごめんだ。

そんな亮介の心配をよそに、新たに副社長秘書となった凛は、媚を売ったり女性を意識させたりするような振る舞いはいっさいしなかった。

遊びのないスーツに黒髪をひとつに束ねただけの野暮ったいスタイル、化粧品会社の秘書室に勤務しながら薄すぎるメイクを貫き続ける姿は、どこを取っても亮介を狙う女性たちとは違う。

けれどきちんと手入れされた黒髪は艶やかで、肌は白くてハリがあり、なにより名前のごとく凛とした立ち姿は美しく、一瞬で亮介の心を奪っていった。

人のことをとやかく言えないが、凛はポーカーフェイスで仕事中はとくに感情を挟まない。

副社長秘書に就任当時は一人前の秘書とは言えなかったが、頼まれた仕事を淡々とこなし、ミスを指摘するときちんと頭を下げ、絶対に同じ過ちは繰り返さない。

日々確実に成長していく凛は頼もしく、亮介はいかに自分が自意識過剰だったかと肩をすくめた。

徐々に仕事に慣れてくると、彼女は亮介がどうしたら仕事をしやすいかと自発的に考えて行動するようになった。

そのため凛は亮介を理解しようと、ずっとこちらの言動を注視している。

彼女は無意識だろうが、あんなふうに熱い眼差しを向けられて平然としていられる男がどれだけいるだろうか。

『私は副社長をずっと見てきましたから』

今日の車の中での発言にしたって、他意がないのはわかっている。

仕事熱心な彼女にとって、上司を観察して言われずとも意図を汲み、先回りするのが秘書として当然だという使命感からきたセリフなのは十分すぎるほど理解している。

（だからって、あれはずるいだろう）

亮介は執務デスクに両ひじをつき、うなだれるように頭を抱えた。

体調不良で弱っているのを好きな女性に気づかれたのは情けないが、珍しく強引に休ませようとする気遣いをうれしく感じるし、あんなふうに『ずっと見てきた』などと言われれば抱きしめたくて仕方がなくなる。

さらに亮介の心を揺さぶるのが、凛のポーカーフェイスが崩れる瞬間だ。

視察へ同行する際、百貨店などのコスメフロアに足を踏み入れると、目をキラキラと輝かせて周囲を見渡している。

彼女の真面目な秘書の仮面が剥がれ、かわいいものが大好きな女の子の顔になるのだ。けれどすぐにハッと我に返り、きゅっと唇を引き結んで秘書の仮面をかぶり直す。

その一連の様子を見た瞬間、亮介は初めて女性に対し『愛おしい』という感情を持った。

惚れられて面倒なことになったら困るなどと思っていたくせに、いつしか亮介の方が凛に落ちていた。

女性に対し失望すら抱いていた自分が、まさか部下である秘書に恋をする日がくるとは。しかも当時の彼女には恋人がいた。社長の第二秘書で、秘書室のチーフを務める優秀な男だ。

だからこの気持ちは決して口外しない。ただ秘書としてそばにいてくれればそれでいい。

そう必死に言い聞かせていた矢先に、恋人の孝充や、その浮気相手である芹那から心ない言葉を言われている現場に遭遇した。

『な、なんだよ。長く付き合ってるのにヤラせない女なんて変だって、僕の友人たちも口を揃えて言ってるんだ！　二回も連続で断られて、僕だって君にプライドを傷つけられた！　どうして僕だけ白い目で見られないといけないんだ！』

『はっきり言って、タカくんに未練を持ち続けられるのは迷惑なんです。彼と結婚するのは私ですから。さっさと会社を辞めてください』

腸《はらわた》が煮えくり返るとはこのことだ。

凛を裏切っておきながら、さらに傷つけて排除しようとする彼らに怒りが沸点を超えた。

すぐにでも割って入って一発殴ってやりたい衝動に駆られたが、凛を見てグッとその感情を抑え込んだ。

普通なら泣いて相手を責めてもいい場面だったが、彼女は背筋を伸ばし毅然としていた。きっと職場で騒ぎを起こすまいと、必死にこらえていたに違いない。

凛としたうしろ姿を見ていたら『守ってやりたい』と心が動き、とっさに恋人のふりをした。

孝充が芹那を選ぶというのなら、もうなにも遠慮することはない。

結婚は突拍子もない提案だと自覚はあったが、互いにメリットのある契約結婚だと嘯いて彼女を囲い込んだ。

すぐに自分の恋心を明かさなかったのは、傷ついたばかりの彼女の負担になりたくなかったからだ。

もともとの性格なのか家庭環境なのか、凛は他人に甘えることがとても下手だ。秘書としては感情をあらわにしないのは美点だが、普段から何事も我慢をすればいいというものではない。

凛が甘えられないというのなら、亮介がとことん甘やかしてやればいい。

そう思い至り、有無を言わさず彼女の好きそうなブランドショップへ連れていき、いくつか洋服をプレゼントした。

案の定、店内に入った途端にお堅い秘書の仮面がずり落ち、瞳をキラキラさせている凛を見て、その場で抱きしめたい衝動を必死でこらえた。

亮介が選んだ服に似合うようになりたいと髪形やメイクを変え、蕾が花開くように美しく変貌する凛を見て、きっと誰もが驚いただろう。

(だからといって、弟相手に嫉妬したのは失態だった……)

彼女が若い男と待ち合わせをして名前を呼ばれている場面に遭遇し、自分でも驚くほどの嫉妬心が湧き上がった。

凛に結婚を申し込んで以降、彼女と些細な会話が増え、少しずつ距離を縮めている最中の出来事だったため、焦りもあった。

弟と知り安堵したものの、今度は幼なじみの男の存在が露見し、亮介は胸の奥底に渦巻く醜い感情を必死になってのみ込んだ。

凛は入社当時からつい最近まで最低限の身だしなみのみで、ほかの女性社員のように流行を取り入れたファッションやメイクをしていなかったが、会議などでの発言から知識や情報はとても豊富だと思われる。

自社だけでなく他社のコスメについてもよく知っているため、ふと疑問に思ってリュミエールに入社したきっかけを聞いてみると、彼女らしい微笑ましい家族とのエピソードが語られた。

凛は自分を地味だと思い込んでいるようで、自分が使用するよりも、誰かを笑顔にするコスメをつくりたいという夢を抱き、リュミエールを選んでくれた。

彼女のようにコスメを愛する人材が入社したのは会社にとってもプラスであるし、亮介にとっては優秀な秘書というだけでなく、初めて自ら好意を寄せる女性に出会えたのだから、運命といっても過言ではない。

（入社したきっかけが、男からもらったうちのリップか……）

複雑な感情が渦巻き、亮介は文字通り頭を抱えた。

凛がリュミエールに入社してくれたのは間違いなくうれしいのに、どこか胸が焦げつく感覚が抜けない。

彼女は幼なじみという言い方をしていたが、果たしてそれだけだろうか。

よく年上の男に憧れる時期があるという話も聞くし、もしかしたら初恋の相手だったりするかもしれない。

十年ほど疎遠であると聞いたにもかかわらず、亮介は写真ですら見たことのない幼い頃の凛とずっと一緒に過ごした男に嫉妬している。

あまりの狭量さに自分でも苦笑が漏れた。

（過去に嫉妬するなんてバカげてる。それよりも今だ。立花はこれからどんどんかわいく綺麗になっていく。ほかの男に取られないよう、早く彼女を手に入れたい）

秘書室の面々や、これまで新ブランド開発で凛と関わっていた社員たちは一様に褒めちぎっていたし、孝充は悔しそうに彼女を睨みつけていた。

周囲の目を、とくに自分以外の男の目を惹くのはいささかおもしろくないが、凛が女性としての楽しみを謳歌するのは喜ばしいし、それを手助けしたのが自分だと思うと恍惚とした優越感が湧いてくる。誰にも奪われたくないと強く感じた。

## 4. 近づく距離

「アイシャドウは四色パレットが八種類あります。今使用したのは一番ベーシックなベージュを基調としているパレットで、オンオフどちらでも使用できるようなカラーに仕上げています。発色がよく、ラメ感とパール感が強く出ますが、粉飛びしないというのが売りになります」

十一月中旬。亮介から結婚を提案されてから二週間が経った。

凛は副社長室にある応接セットのソファに腰掛け、白いケープを巻かれておとなしく目を閉じ、説明する声に耳を傾ける。

新ブランドのサンプルが仕上がり、開発部の責任者である山本《やまもと》が説明にやって来ていた。

会心の出来だという商品を熱心に説明していた彼に対し、スウォッチと呼ばれる色見本だけでは全体の統一感やバランスが見えにくいと亮介が主張したため、凛が急遽モデルとなってサンプルを使ったデモンストレーションが行われている。

説明しているのは山本だが、凛にメイクを施しているのは以前販売部に在籍していたという四十代の女性社員だ。百貨店で美容部員として働き、産休育休を経て開発部へ異動したらしく、十五分ほど前に慌ててやって来た。

「左上の下地にパールが仕込んであり、最初に塗ることで密着力を増しつつ華やかさを演出できます。次に左下のベージュをのせて右下の締め色を際に引くとオフィス仕様ですね」

島田《しまだ》と名乗った彼女は、さすが元美容部員だけあって手慣れた手順でメイクを施していく。

「右上のラメが強いゴールドをまぶたの中央にのせると、グッと華やかさやかわいらしさが際立ちます。なので会社を出る時に指でこうしてぽんぽんとするだけで、オフ仕様のメイクに様変わりします。合わせて少しアイラインのように締め色を強めに引くと、さらに印象的な目もとになります」

凛は鏡を食い入るように見つめた。いつも薄化粧の自分が見違えるように変身していく様子は、コスメの魔法だと胸が高鳴る。

「最後に、一番の目玉にしたいのがこちらのリップです。全十六色あり、さらにそれぞれツヤを抑えたマットリップと光沢感のあるツヤと潤いが特徴のラスティングリップがあります。最大のポイントは色持ちのよさと色移りのしにくさで、キャッチコピーや広告などもその点を最大限に押し出したものにする予定です」

島田が鏡越しに凛の顔をじっと見つめながら、山本の言葉を引き継いだ。

「立花さんの雰囲気ならツヤツヤな唇に仕上げた方がかわいらしさが引き立ちますし、ラスティングリップにしましょうか。お色味はそうですね、四番か十一番か……」

カチャカチャと音を立てながらリップの色を選んでいた島田の手もとを覗き込み、亮介が尋ねた。

「サンプルは全色あるのか？」

「はい、ございます。あとは百貨店やバラエティショップとタイアップの限定色を作る予定ですが、そちらはまだ上がっていないので、通常販売のもののみです。パッケージもまだサンプルですが、高級感はありつつシンプルすぎないデザインに仕上がったと思います」

マットタイプはくすんだサーモンピンク、ツヤタイプは白色の、円形ではなく四角いパッケージ。キャップとリップ本体の上面には新ブランドのロゴマーク、ボディにはブランド名のロゴの刻印を入れる予定らしい。ロゴデザインが正式決定されたらすぐにでも生産できるよう手配済みだと、追加で説明された。

（素敵……！　いよいよ新ブランドが形になってきた。きっと多くの女性が魅了されるはず。このアイシャドウもかわいいけど、リップの本体に刻印があるだけで高級感があるし、抜群にオシャレでかわいい！　たくさんの人に手に取ってもらえるといいなぁ）

　静かに感動していると、島田に「ラスターの十二番を」と指示した亮介が、おもむろに凛の座るソファの前に片膝をついた。

「ふ、副社長っ？」

「あぁ、リップブラシも貸してくれ」

　これには開発部のふたりも慌てたが、凛が一番驚いた。まさか最後の仕上げのリップを、副社長じきじきに塗るだなんて思ってもみなかった。

（わ、近い……っ！）

　周囲の驚愕をよそに、亮介は受け取ったリップのキャップをはずし、ブラシで刻印部分を何度かなでると、左手を凛の頬に添えた。

「少し口を開いてくれ」

　男性らしい大きな手に頬を包まれ、至近距離で甘く低い声音を耳にすると、仕事だとわかっていても勝手に頬が熱くなる。

　すぐ目の前に美麗な顔があり、じっとこちらを見つめているのだ。ドキドキするなという方が無理だった。

亮介がブラシをすべらせ、凛の唇を朱く染めていく。その間、まるで金縛りにあっているかのように動けない。どこを見ていたらいいのかわからず、ひたすらに視線だけをさまよわせた。

たった数秒の時間がとてつもなく長く感じられ、息を殺しているせいか自分の鼓動がやけに大きく感じる。

「あぁ、いい色だ。発色もいいしツヤも綺麗に出るな」

至近距離で唇を見つめられ、コクンと喉が鳴ったのに気づかれたのではないかとそわそわして落ち着かない。

しかしふたりきりではなく、開発部の社員がいる前で変に意識したそぶりを見せればおかしく思われてしまうと必死に平静を装った。

「蜂蜜エキスやヒアルロン酸など美容液成分の処方にこだわりましたので、皮剥けなどもかなり少ないかと思います」

「タイアップの限定色の資料はあるか」

「はい……あ、いえ、失礼いたしました。今手もとになくて……申し訳ありません、すぐにお持ちします」

「あぁ、わかった」

亮介が立ち上がった瞬間、凛は詰めていた息をはあっと吐き出す。

ローテーブルに広げられたサンプル品を片づけるのを手伝い、ふたりが頭を下げて部屋を出ていくのを見送った。

亮介とふたりきりの空間になると、デスクに座り資料を眺めていた彼から声をかけられた。

「実際にフルメイクしてみた使用感はどうだ？　率直な感想が聞きたい」

「質の高さに驚きました。ベースメイクは軽くて素肌感があるのにしっかりカバーできますし、アイシャドウも各パレットどれもかわいかったです。ひとつのパレットでこんなにも印象が変わるんだって驚きでした」

「パレットはこれまでにない配色を狙ったからな。ベーシックなものと奇抜さギリギリのラインを攻めたものと、うまくバランスが取れている」

「そうですね。自分に似合うものを選んだり、新しい自分に出会うカラーを探すのも楽しそうです」

凛が感動を抑えきれずに興奮気味に言うと、亮介がそれまでの冷静な表情から一転、口もとを緩ませた。

「立花はもともと化粧映えする顔立ちだ。今日のシンプルな色だと素材が活きてかわいくなるし、きっとブラウンやローズ系の色をのせればグッと大人の女性の雰囲気になるだろうな」

仕事の話に褒め言葉を織り交ぜられ、どう反応していいのか迷っていると、亮介は思い出したように目を細める。

「これが立花が言っていた『キラキラした魔法みたいなコスメ』の力ってやつか」

凛が以前、外回りに行く車内で亮介に語った入社のきっかけの話だ。

『私って女の子なんだなって思わせてくれる、キラキラした魔法みたいなコスメが大好きになりました』

他人の口から聞くと、キラキラした魔法という言葉がなんとも幼稚な感じがして恥ずかしくなる。しかし亮介は気にする様子もなく、続けて聞いてきた。

「今日のメイクで、自分が女性だと実感できたか？」

真剣に問う彼を真っすぐに見つめる。

新ブランドのコスメでメイクしてもらったのはもちろんテンションが上がったが、なにより亮介にリップを塗ってもらった瞬間、彼にときめく気持ちがあふれてしまいそうだった。

それがなにより自分が女である証に思えて、凛はチーク以上に真っ赤に染まった頬を押さえてうなずいた。

「はい」

「合格祝いにリップをもらった時よりも？」

「え？」

発言の意図がわからずに聞き返すと、亮介は自嘲気味に笑ってデスクに広げられた資料をトントンと揃えた。

「……いや、今のは聞かなかったことにしてくれ」

その仕草を見ながら、凛は今聞いたばかりの彼の言葉を脳裏で反芻《はんすう》した。

『合格祝いにリップをもらった時よりも？』

まるで彼が学生の頃にリップをくれた修平に対抗しているかのようで、心臓がドクンと大きく跳ねた。とても聞かなかったことになんてできそうにない。

弟の大志の件や修平からのプレゼントの話といい、亮介はあからさまに嫉妬や独占欲を滲ませる。そうして意識させられるたび、自分でもなぜか説明ができないほど亮介に惹きつけられている。

彼から買ってもらった服や『かわいい』という褒め言葉、自分を疎かにしないで周囲に甘えてもいいのだという頼もしい助言のおかげで、かわいいものが好きだという自分の感情に、もう少しだけ素直になってみようと思った。

黒子でいいという言い訳を捨て、自分の外見を磨く努力をしてみると、以前よりもずっと自分を好きになれた。

そのきっかけを与えてくれた亮介を上司として尊敬する以上に、もっと彼に褒められたいという感情が芽生えている。

「念のため色持ちや色移りの経過も見たい。悪いが今日はしばらくメイク直しを控えてくれ。外に出る予定はなかったよな？」

「は、はい、大丈夫です。承知しました」

「新ブランドのお披露目まであと三か月を切ったか。どれだけ反響をもらえるか、楽しみだな」

意気込む亮介を見ながら、凛はふと不思議に思った。

（女性を素敵に変身させるアイテムを生み出す副社長に、どうして女性嫌いなんて噂があるんだろう）

普段はできるだけポーカーフェイスに努めている凛だが、新作コスメでメイクしてもらい、テンションが上がっていたのかもしれない。頭に疑問が浮かんだのがわかりやすく表情に出たようで、亮介が「なんだ？」と首をかしげた。

「いえ、その……」

「今は休憩中だ。なんでも思ったままを話してくれていい。仕事のことでも、プライベートなことでも」

そう促され、凛はおずおずと口を開く。

「副社長が女性嫌いだという噂を耳にしたのですが……」

「あぁ、堅物だなんだと言われているようだな。まぁ事実だし、俺は気に留めていないが」

「事実、ですか？　女性を美しくする商品をこんなに熱心につくり上げていらっしゃるのに……？」

「女性に対する理想と現実のギャップに疲れてしまった、とでも言うのか。昔から俺の見かけや家柄に寄ってくる女性が多かったせいか、外見を華やかに飾る彼女たちを美しいと思う一方、内面が伴わない部分に気づくと、どうも冷めた目で見るようになった」

凛の問いかけに、亮介は淡々と答えてくれた。

「どれだけメイクや服装で美しく飾り、俺の前では清楚に振る舞っていても、腹の中では周囲に自慢できる恋人が欲しいだけの女性ばかりだった。入社してからはこの立場もあっていっさい親しい女性をつくらなかったが、俺と婚約していると周りに吹聴したり、もてあそばれたからと慰謝料を請求してくるようなのもいたりしたな」

軽く話しているが、想像するだけでげんなりする過去を聞き、亮介のこれまでの女運の悪さに驚きを隠せない。

「その点、君は内面の美しさが滲み出ていた」

「わ、私ですか……？」

「堅物と呼ばれる男のサポートなど気苦労も多いだろうが、懸命に俺を支えようとしてくれた。そんな君を秘書として評価しているし、原口や近藤に執拗に貶《おとし》められても毅然と前を向いていた姿に惹かれたんだ。思わず手を差し出したくなるほどに」

「副社長……」

唐突な結婚の提案は、互いにとってメリットがあるからと亮介から持ちかけられたものだ。完全な損得勘定での申し出といった口ぶりだったのに、まさかそんなふうに思ってくれていたとは。

（だからあの時、恋人のふりをして助けてくれたんだ。どうしよう。私、すごくうれしいって感じてる……）

ここ数日で、亮介に対する感情を見て見ぬふりをするのは限界を迎えていた。

まだ孝充から別れを告げられて一か月も経っていないというのに、思いもよらないスピードで上司である亮介に惹かれている。

浮気をして裏切った孝充に非があるとはいえ、なんだか薄情な気がするが、それが偽りのない本心だ。

もはや孝充との別れで負った傷など少しも残っていない。凛の頭と心を占めているのは、亮介ただひとりだけ。

じっと見つめると、立ち上がった彼がデスクを回り込んで凛の目の前に来た。

毎日見ても飽きないほど美しく整った容貌を持つ亮介が、熱い眼差しで凛を射すくめる。

身動きが取れず、視線さえ逸らせない。ただ彼にリップを塗ってもらった唇だけが、異常なほど熱を持っている気がした。

「立花、俺は」

――コンコン。

凛に手を伸ばした亮介がなにか言いかけたが、副社長室の扉をノックする音にかき消された。止まっていた時間が急に動きだしたように、凛も亮介も反射的に仕事の顔になる。

しかし、直前までこれ以上ないほど高鳴っていた鼓動だけはどうにも落ち着かない。

「入れ」

ノックに応じた彼の言葉を聞きながら、入ってきた山本と入れ替わるように副社長室を出た。

（メイクされていたから、まだコーヒーすらお出ししてなかった）

自分で淹れに行ってもいいのだが、開発部との打ち合わせに同席して必要ならば議事録を取ったり、話を聞きながら今後のスケジュールなどの練り直しなど細かな調整をしたりしたいため、離席時間はできるだけ短くしたい。

足早に秘書室に向かいコーヒーを頼もうとしたが、今は二月に控えた創立記念パーティーの準備で誰もが忙しい。空席が目立ち、自席に座っている秘書も電話を片手にメモを取っていたり、稟議書を作成していたり、暇そうに雑誌をめくる芹那以外に手が空いていそうな人はいない。

凛はため息をつきたくなるのをグッとこらえ、仕方なく芹那のファンシーなデスクへ近づいて声をかけた。

「近藤さん、副社長室にコーヒーをふたつお願いできますか」

領収書や名刺の整理、他店のデータ管理など、なにを頼んでもすべてスルーされてきたが、さすがにコーヒーくらいは淹れられるだろうと思った。しかし芹那の態度は凛の想像をはるかに超えていた。

「なんで私が？」

「すみません、私はすぐに副社長室へ戻らないとならないので」

「私も流行りのスイーツの情報を調べるのに忙しいんですけど。こういう手土産の情報、秘書には必要なので」

「それは今じゃなくてもいいですよね」

「……色気づいてる暇があれば、コーヒーくらいご自分でやったらどうですかぁ？急に服とか髪形とか変えてますけど、今さらだと思いますよ？」

あからさまに凛をバカにした言葉を使い、かわいらしい顔をゆがめて笑う。芹那のあまりの言い草に、とっさに言い返すこともできずにあぜんとする。

いくら妊娠中とはいえ、出社している以上は仕事をしてもらわないと困る。ただでさえ妊娠を理由に、重い資料の整理やおつかいなどはさせないよう配慮しているのだ。

芹那の言葉を耳にしたほかの秘書からも、彼女をとがめるような視線が送られた。誰もがひと言言ってやりたいと感じているものの、本来ならその役割はチーフである孝充の役割だと我慢しているのがわかる。

しかし孝充は自席から動く気配はない。

さすがに堪忍袋の緒が切れた凜は、できるだけ感情的にならないように言葉を選んで芹那に反論した。

「あなたはグループ秘書として同僚をサポートするチームに所属しているんです。経験が浅いので先回りしてできないにしても、頼まれた仕事はきちんとすべきです」

「はぁ？　どうしてそんなこと立花さんに言われないといけないんですかぁ？」

「言うべき人が言わないなら、ほかの誰かが言わないといけないでしょう。言われたくないのなら、最低限の仕事はしてください」

当然ながら〝言うべき人〟というのは孝充のことである。

彼がなにを考えて、仕事をせずに秘書室内の雰囲気を悪くしている芹那に注意をしないのかはわからないが、そろそろ限界だった。

そう感じていたのは凜だけではないらしく、それまで電話をしていた恵梨香やほかの秘書数人からも賛同の声があがった。

「立花さんの言う通りよ。上司から注意をするのを待ってなにも言わなかっただけで、いい加減みんな迷惑してるの」

「近藤さんはあと二週間で辞めるから仕事を覚える気がないんだろうけど、それでもできることはあるでしょう？」

「なんなんですか、急に。一番若い私が結婚して退社するからって、そういう嫉妬剥き出しで攻撃してくるの、どうかと思いますけど」

「はぁ？」

「ちょっと、どういう思考回路してるの？」

芹那の常識はずれな言い分に、これまで我慢していた秘書室の面々の怒りがヒートアップする。とくに恵梨香は今にも掴《つか》みかかりそうな勢いで、凛は慌てて彼女の肩に手を置いた。

態度を改めてほしいとひと言注意して終わるはずが、このままでは周囲を巻き込んでしまう。

芹那には元恋人を寝取られたり退職を迫られたりと浅からぬ因縁があるが、ここは職場で今は就業中なのだ。

個人的な感情は置いておいて、ただ頼んだ仕事をしてほしいだけで、事を荒立てたいわけではない。

（こんなにもみんなの不満がたまってるのに、どうしてチーフはなにも言わないの……？）

凛と同じ考えを持った様子の恵梨香は、芹那に言ってもらちが明かないと悟ったのか、孝充へ睨むような視線を向けて「どうにかしてくださいませんか」と言い放った。

「これじゃ秘書室内の空気が悪すぎです。それとも林田室長に直接ご相談した方がいいですか？」

「空気を悪くしてるのは先輩たちじゃないですかぁ？」

「ちょっとあんたは黙ってて」

苛立たしげに恵梨香が言い放ったと同時に、廊下から低く芯のある声が凛を呼んだ。

「立花」

誰もが振り返る絶対的な存在感のある声は、どんな喧騒の中でも凛の耳に届く。

「今終わった。来られるか？」

凛は驚きに目を見開く。

（えっ、もう……？）

まだこれから限定色についての打ち合わせがあるものだと思っていたが、想定以上に早く終わってしまったようだ。

普段から仕事中は感情の乗らない彼の声だが、今はそれが冷たく響いて聞こえる。

「は、はい」

秘書室内の会話が聞こえていたのか、山本が申し訳なさそうな顔をして会釈し、エレベーターホールへ消えていった。

議事録やスケジュール調整どころか、同席すらできなかった。自己嫌悪で崩れ落ちそうだが、気力を奮い立たせ亮介のもとへ向かう。

すると彼は異様な空気を放つ秘書室を見渡し、デスクで唇を噛む孝充を一瞥した後で芹那に視線を向けた。

「騒がしい声が廊下まで聞こえていた。仕事をする気がないなら、しかるべき手続きをして退職を早めたらどうだ」

「そんな……違いますっ」

冷たい眼差しを向けられた途端、芹那は虐げられた悲劇のヒロインのように瞳を潤ませて亮介を見つめた。

「やる気がないわけじゃないんです。私、実は妊娠していて……」

「知っている。だからなんだ」

うるうるした上目遣いにも、亮介は表情ひとつ変えずぴしゃりと撥ねつける。芹那は自身の武器の効果がないと知ると表情を一変させ、じっと亮介を睨みつけた。

「……妊娠したからって退職を勧めるなんて最低ですね。そういうの、マタハラっていうんですよ」

「俺は妊娠した女性に退職を勧めているわけじゃない、仕事を仕事と思わない君に言っているんだ。うちは女性社員が多く、ワークライフバランスを重要視している。産休育休の取得率や復職率は国内企業で五本の指に入るし、時短勤務ができる環境も整っている。君の言動は、そうした制度を使って懸命に働くすべての女性を貶めるものだ」

「……意味がわかりません」

「ならばわかりやすく言おう。出社しているにもかかわらず妊娠を言い訳に仕事をしないのは、妊娠しながら働いている女性社員に失礼だし、周囲の人間にとっても迷惑でしかない」

正論で淡々と断罪され、芹那の顔は見る見るうちに赤くなっていく。

「なによ！　私だってもっと秘書らしい仕事をさせてくれるのならちゃんとやります！　化粧品会社の秘書なら、私みたいに若くてかわいい方がいいじゃないですか！それなのに第一秘書は地味な立花さんかおじさんしかいないし、グループ秘書なんて雑用ばっかり。仕事を辞めたいって言ったらパパからお見合いして結婚しろって言われるし！　おじさん相手のお見合いなんてごめんだから、妊娠したって嘘ついて適当に結婚しちゃおうと思ってたのに――」

　自分の嘘を悪びれなく一気にまくし立てると、芹那は名案を思いついたと無邪気に笑う。

「副社長、立花さんと付き合ってるって言ってたの、本当ですか？」

　唐突な話題の方向転換に、亮介は眉間にしわを寄せる。

「……そうだとしたら、なんだ」

「噂と違って女嫌いじゃないのなら、私の方がよくないですかぁ？　絶対立花さんよりも満足できると思いますよ？　容姿とか家柄はもちろん、ほかにもいろいろと」

　彼女の言う『いろいろ』にどんな意味が含まれているのか、凛には考えずともわかる。なぜ自分の元恋人が彼女と浮気に至ったのかを思い出し、胸の奥が鈍く痛む。

「そうよ！　リュミエールの副社長ならわざわざ妊娠したって嘘つかなくてもパパだって認めてくれるはず！　タカくんとの妊娠は勘違いだったたって私からパパに説明すればいいいわ」

　これにはさすがの孝充もガタンと音を立てて立ち上がり、青くなっている。婚約者である芹那が仕事を放棄する自分勝手な言い分を喚くばかりか、妊娠は嘘だと言い放ち、さらに目の前で自社の副社長に迫っているのだ。

ウフフッと可憐に笑って見せる芹那の非常識な言い分を、凛はただぼうぜんと聞いていた。貿易会社の重役令嬢で世間知らずのお嬢様だとは思っていたが、まさかここまでとは。

それに、自分以外の女性が亮介に迫っているのを見て単純に嫌だと思った。独占欲が芽生え、彼をとられたくないと心が叫んでいる。

亮介の様子をそっとうかがうと、苛立ちや嫌悪感を隠しもしない表情で芹那を見ていた。

「ずいぶんと自分に自信があるようだが、君が立花よりも優れていると思うところなど、ひとつも見あたらない」

「なっ……そんなわけないじゃないですか！　誰に聞いたって地味な立花さんよりも私の方がいいって言うに決まってます！」

「少なくとも俺は君の容姿や家柄に魅力を感じないし、社会人としての常識がない君と話すのは時間の無駄だと思っている。そもそも秘書らしい仕事とはなにを指しているんだ。ただ重役に付き従いチヤホヤされたいだけの〝秘書ごっこ〟がしたいのなら、よそでやってくれ」

亮介がバッサリ切って捨てると、芹那は顔を真っ赤にしている。

「サイテー！　私の魅力がわからない堅物なんてこっちからお断りよ！　パパが社会勉強だって言うから秘書くらいならしてもいいって思っただけなのに、どうしてこんなふうに責められないといけないのよ！」

芹那が怒り狂って秘書室から出ていくと、その背中を見送っていた視線は亮介や凛、そして孝充へ集中する。

室内がシンと静まり返る中、声を発したのは亮介だった。

「騒がせて悪かった。みんな仕事に戻ってくれ。立花、行くぞ」

凛は無言でうなずき、亮介の後へ続いた。その際、孝充が視界に入ったが、彼はもう青ざめた様子はなく、ただ悔しそうな様子でうつむき、口を引き結んでいた。

副社長室で開発部から共有された資料を整理し終えた凛は、秘書室のデスクへと戻った。

あれから全員がなんとなく気まずいまま仕事をこなしていたが、和を乱す存在がいなくなるとすぐに平穏を取り戻した。

今後、芹那の扱いをどうすべきかは悩ましいところだが、おそらく出社しないまま退職するだろうというのが、恵梨香をはじめ秘書室全体の総意だ。

一方、孝充は何事もなかったかのように働いていた。完璧主義者で神経質な彼のこと、内心ではこの状況に羞恥と苛立ちを感じているだろうが、そこは社会人としての理性か、はたまた彼のプライドか、表面上は普段と変わらないように見えたのが逆に不気味だった。

「最近残業が多かったのは近藤のせいか」

その日にやるべき業務を終え、帰り際に再び副社長室へ顔を出すと、確信を持った様子の亮介から問いかけられた。就業中には話題に上らなかったため、てっきり亮介の中で先ほどの一件は終結したと思っていた。

凛はうろたえたように目を泳がせるが、怜悧な眼差しを向ける彼には隠しきれないと悟り、これまでの経緯を話す。

事あるごとに退職を迫るような発言に加え、凛の頼んだ仕事だけわざとスルーされているのだと聞いた亮介は、大きくため息をついた。

「恋愛のいざこざを仕事に持ち込むなんてありえないし、そもそも近藤の方が糾弾される側だろう。なぜもっと早く言わなかった」

「お忙しい副社長をわずらわせるほどでは……。それに、これは秘書室内の問題ですので」

「秘書室の指揮系統が機能していないから、こうなっているんだろう」

「そ、その通りですが……」

あきらかに芹那の態度が変わったのは、孝充の結婚報告の日からだ。

凛は浮気をされた側で落ち度はないとはいえ、当事者であることを考えると誰かに相談もしづらかった。

口ごもる凛に対し、亮介は優しい口調で諫めた。

「だったら上司としてではなく、男として頼ってほしい。我慢しすぎて自分を蔑ろにしないでほしいと言ったはずだ」

「それは……」

そう言われたのは覚えているが、長年培ってきた性格はそう簡単には変えられない。

（だから、孝充さんにもかわいくないって言われて浮気されたんだ……）

ずんと気分が沈み、自分のふがいなさに落ち込んでしまう。

（もしかして、副社長もあきれてる……？）

すると、デスクに腰掛けていた亮介がおもむろに立ち上がった。

「立花、そろそろ返事をくれないか」

唐突に告げた亮介の声は、凛が思わずドキッとするほど色気を帯びていた。

いくら定時を過ぎているとはいえ、あまりに職場にはそぐわない声音だ。

言葉ほど焦れた様子は見られないが、その眼差しは凛を逃すまいと射るようにこちらを見つめている。

「こういう時、上司でなく夫なら一番に頼れるだろう。俺が夫では不足か？」

「不足なんて、そんな……」

「じゃあいったいなにを迷っている？　原口に未練はないと言ったな。それならば互いに結婚するメリットはあるし、君となら穏やかな家庭がつくれると思う」

畳みかけるように告げられた言葉に、胸の奥からわずかに軋む音がした。

（やっぱりこれは、お互いにメリットがあるから提案された契約結婚なんだ……）

改めてその事実を突きつけられ、凛は高鳴る鼓動が急速に失速するのを感じた。

これまで半年ほど亮介の秘書としてそばで働いてきたが、彼を男性として意識したことはない。

孝充という恋人の存在以上に、リュミエール創業者である士郎の孫にあたり、将来は社長の椅子に座るのが約束されている御曹司の彼は凛にとって雲の上の存在で、ときめいたり異性として意識したりすることすら恐れ多いと思っていた。

しかし突拍子もないプロポーズを受けて以来、堅物と呼ばれるほど仕事にしか興味を示さなかった亮介が、凛に対しての接し方をガラリと変えてきた。

厳しいのは相変わらずだが、業務の合間のふとした瞬間に見せる彼の表情はこれまでにないほどやわらかい。それは大勢でいる時ではなく凛とふたりきりの空間でしか見せない顔で、自分が特別な存在なのだと思い知らされているような気がした。

ほかにも、亮介は凛に男性の影が見えると嫉妬心や独占欲をあらわにする。そんな様子に心を揺さぶられ、孝充と別れてまだ日も浅いというのに、たった数日で亮介に惹かれている自分に驚きを隠せない。

「これは……いわゆる契約結婚というものなんですよね？」

彼が望まぬ縁談を持ちかけられるわずらわしさから抜け出すためには、妻という存在が必要なのだ。恋愛感情の絡まない、利点など条件に照らし合わせた結果の婚姻契約にすぎない。

だからこそ、結婚に〝メリット〟というワードがついて回る。

それなのに凛が一方的に亮介に好意を抱いている状態だなんて、つらくなるのではないか。

（それに、もしかしたら結婚しなくても仕事を辞めずに済むかもしれない……）

芹那が妊娠は嘘だと秘書室の社員の前ではっきり明言したのだ。彼らの結婚話がこのまま進むとはとても思えない。ふたりの将来がどうなろうと知ったことではないが、芹那は孝充と付き合っていた凛に退職を迫っていて、だからこそ亮介が恋人のふりをしてくれたし、結婚の提案にも至ったのだ。

このまま彼らの結婚が破談になれば芹那から退職を迫られるいわれはなくなり、凛が結婚する理由はほぼなくなる。

それならば結婚の話はなかったことにしてもらい、秘書に徹した方がいいのではと迷いが生じてきた。

「君はそう思ってもらってかまわない。ただ俺は君を妻として生涯大切にし、愛したいと思っている」

亮介の返答はそんな迷いも吹き飛ばしてしまうほど、凛の心を大きく揺さぶった。

静かな声で語られた彼の言葉は、厳かな教会で聞く神聖な誓いのよう。

孝充の裏切りに始まり、浮気相手である芹那からの嫌がらせ、結婚したいがために妊娠したと嘘をついていたという先ほどの爆弾発言など、目まぐるしいほどイレギュラーな出来事の連続で、平静を装っていても心がこれまでにないほど疲弊している。

そんなところに毎日顔を合わせる極上の男性から結婚を提案され、まるで深い愛情があるかのように口説く真似をされれば、その魅惑的な誘いが常識はずれだとわかっていても甘えてしまいたくなる。

四人きょうだいの長女で育った凛は人に甘えるのが苦手だ。

けれど、亮介は言った。

『がんばり屋で我慢強いのが立花の長所でもあるが、君を大切に思う周囲の人間はもどかしく感じているはずだ。わがままになれという意味ではないが、もっと周りに頼ったり甘えたりする術を覚えろ』

その相手として自分を選んでくれるとうれしい、とも言ってくれた。

ならば、彼の言葉に甘えてしまおうか。

自分の人生において、こんなにも急速に心が惹きつけられる人に出会ったのは初めてだ。そんな相手から結婚を申し込まれているのだから、これ以上の幸せはない。

（いつか、この人に愛されてみたい……）

そう思う気持ちがどんどん大きく膨らんでいく。

たとえ始まりが恋愛でなくとも、今は好意の矢印が一方通行だとしても、夫婦として徐々に仲を深めていけばいい。

亮介は凛に負けず劣らず真面目な性格をしている。できないことは口にしないはずだ。結婚したら妻として大切に扱ってくれるだろう。

縁談よけの急ごしらえの妻だとしても、凛を選んでくれた。それだけでもうれしいけれど、いつかその延長線上で女性として愛してもらえたら……。

会社では秘書として彼を支え、家庭では夫婦として穏やかに暮らしていく。

亮介とならそんな未来が描ける気がした。

「甘えても、いいのでしょうか……？」

凛はカラカラになった喉をこくんと鳴らし、真っすぐに亮介を見つめる。

「私も……副社長を夫として、ずっと一緒にいたい、です……」

極度の緊張感が体中を駆け抜け、自分でも驚くほどか細い声が震える。

できればいつか女性として愛してほしい。そのひと言は言えなかった。

見て見ぬふりができなくなるほど育った亮介への恋心が、喜びと切なさの間を行ったり来たりしている。

胸の奥で主張し続ける胸の痛みを無視して亮介を見つめると、彼はとてもうれしそうに目を細めた。

「よかった……ありがとう」

手を取られ、そっと握られる。たった今結婚を承諾したというのに、彼に触れたのはこれが初めてだ。それぞれの手の温度が混じり合い、同じになっていく。ただそれだけの出来事に、ひどく胸が震えた。

（私、副社長が好き……）

幼なじみの修平にも、唯一の恋人だった孝充にさえ感じたことのないこの切なくて甘い気持ちこそ、恋なのかもしれない。

「まだ落ちていないな」

亮介が大きな手で凛の頬を包み、親指で唇をなでる。

「……もう少し、試してみるか」

なにを、と訪ねようとした言葉は、彼の唇に飲み込まれた。

ふにっ、とやわらかく重なった唇は、凛が数回瞬《まばた》きをしている間に離れていく。

たった今口づけられた場所に視線が注がれ、亮介の親指がそっと唇の縁をなぞった。

「なるほど。かなり優秀なリップだな」

キスでリップの色持ち具合を試したのだとようやく理解が追いついた凛は、こんな時まで仕事を考えている亮介に少しだけ拗《す》ねたい気持ちになった。

結婚を承諾したのも、キスをしたのも、自分だけがドキドキしているのだと思い知らされた気がする。

「……女性が苦手だとおっしゃっていたのに、慣れていらっしゃるのだと思いまして」

自分でも思っていた以上に声が低くなった。まるで彼を責めているような口ぶりになってしまい、慌てて訂正しようと続けて口を開く。

「あの、失礼いたしました。変な意味ではなくて……」

「悪い、結婚の承諾をもらって浮かれてしまった。仕事を口実に断りもなくキスをして……嫌だったか？」

まさか亮介から『浮かれている』なんてワードが飛び出すとは思わず、凛は驚きつつ首を横に振った。

（そっか、結婚をうれしく感じているのは私だけじゃないんだ）

亮介が結婚を喜ぶ理由は不要なお見合いを断るストレスから解放され、両親を安心させられること。

凛とはうれしい方向性が違うが、今はそれでもいい。

「そうか。では今後は秘書として、そして妻として、よろしく頼む」

「はい。こちらこそ至らぬところもあるかと思いますが、よろしくお願いいたします」

# 5．甘やかされる心地よさ

凛が結婚を承諾した後の亮介の行動は早かった。

まず彼は凛を高級ジュエリーショップへ連れていき、恐ろしいほど大きなダイヤのついた婚約指輪と、ふたりお揃いの結婚指輪を購入した。

秘書がこんなにも大きな宝石のついた指輪をしているわけにはいかないと困惑する凛をよそに、亮介は休日の気が向いた日だけつければいいと事もなげに言い放つ。

「サイズの調整で受け取りはどちらも後日になるそうだ。プロポーズする時に用意するものなのに、遅くなってすまない」

「いえ！　そんなこと気にしません！　それよりも分不相応ですし、私はお揃いの指輪だけで十分なので……」

「結婚指輪は常につけていられるシンプルなものを選んだ。だからこっちは俺の意見を通させてくれ。俺が君に似合うと思う指輪を贈りたいんだ」

表情を和らげてそう言われてしまえば、凛はそれ以上なにも言えなかった。

指輪の購入と同時に、亮介はリュミエールの社長である彼の父、茂樹《しげき》が社内にいる時間を見計らって面会のアポを取り、凜を伴って結婚する旨を報告し了承を取った。

凜は大企業の跡取りである亮介の結婚相手が自分でいいのかと戦々恐々としていたが、息子の結婚を半ばあきらめていた茂樹は手を叩いて大喜びだった。

「立花さんが僕の第二秘書としてついている頃から、亮介のお嫁さんには君みたいな子がいいなと思っていたんだ」

「……それで彼女を俺の専属秘書にと推したのか」

「もちろん秘書としての能力や将来性を買って推薦したけれど、その下心がなかったといえば嘘になるかな」

思わぬ告白に驚いたが、茂樹の思い描いた通りに事が運んだようだ。満足そうな茂樹はその場で妻に電話をかけ、こちらも『娘ができてうれしいわ。うちの息子をよろしくお願いします』と快諾された。

その後、凜の母に挨拶をしたいと言う亮介に促されるまま、実家に招いて結婚の報告をした。突然知らされた大ニュースに家族はみんな驚いていたが、弟の大志はなぜか終始ドヤ顔をしていた。

自分の娘が勤める大企業の副社長が相手とあって母は心配だったようだが、亮介が自分の両親もこの結婚を喜んでいるのだと丁寧に説明したおかげで、安堵のため息を漏らした。

「手前味噌ですが、しっかり者で優しい自慢の娘です。どうぞ大事にしてやってください」

「もちろんです。必ず凛さんを幸せにします」

うれしそうに涙を滲ませる母から結婚の承諾を得て、凛が想像していた以上にあっさりと結婚への道筋が整った。

拍子抜けしたのと同時に、本当に亮介と結婚するのだという実感が少しずつ湧いてきて、身が引きしまる思いがする。

それから婚姻届の提出や社外への結婚報告はいつがいいかとタイミングを見計らっていると、社長が彼の第一秘書である林田に「やっと息子が結婚する気になった」とうれしそうに話していたのを別の社員が聞いており、亮介の結婚の噂は一気に会社中へ広まった。

堅物副社長と呼ばれる御曹司をゲットしたのはどんな女性なのかと憶測が広がるのを、凛は胃が痛くなる思いで聞き流し、会社ではこれまで以上にポーカーフェイスな秘書の仮面を貼りつけた。

噂が回るあまりの速さにおののく凛を見た亮介から、逃がさないとばかりに記入済みの婚姻届を渡され、翌週には提出して〝海堂凛〟となったのだった。

結婚後も社内では旧姓を使う予定なので、自分から言わない限り亮介の結婚相手が凛だとバレる恐れはないが、同じ秘書室で働く同僚に黙っているわけにもいかない。

どう話せばいいのか悩んでいたところ、亮介が助け舟を出してくれた。

「私事だが、立花と結婚した。正式な結婚発表の日取りは未定だから、まだ公にしないでもらえるとありがたい。彼女には秘書として今まで通り勤務してもらう。やりにくい思いをさせるかもしれないが、公私混同はいっさいしない。これまで通り、どうかよろしく頼む」

副社長じきじきに頭を下げた挨拶に、秘書室の面々は驚きながらも好意的な反応だった。恵梨香も「おめでとう。今度詳しく聞かせなさいね！」と喜んでくれた。

「こんなこと言うのもあれだけど、チーフが近藤さんを選んでくれてよかったね。副社長との結婚の方が、断然幸せになれそうだもの」

恵梨香の辛辣な物言いに苦笑しつつも、孝充と別れて間もない時期の結婚報告を祝福してくれたのは素直にうれしい。

一時期ピリついた雰囲気だった秘書室は、一転して祝福ムードとなった。

ところが、秘書室に亮介が結婚の挨拶をして数日。凛の表情は晴れない。

芹那は大方の予想通りあれ以降出社していないため平穏が戻ってきたと思いきや、今度は孝充の様子がおかしいのだ。

亮介と結婚したからといって、孝充から受けた裏切りがなかったことになるわけではない。極力仕事以外では関わらずにいたいと思っている凛だが、なぜかここにきてなにかと声をかけてくるのだ。

新ブランドに関する仕事を手伝うと言ってきたり、副社長と急に結婚なんてなにか裏があるんだろう、相談に乗るから仕事終わりに食事に行こうと誘われたり。

同じ秘書室とはいえ重役秘書が扱う情報は口外できないし、新ブランドに関してはまだ情報解禁前だ。手伝ってもらえるような業務はない。それを教えてくれたのは孝充だったのに、いったい彼はどうしてしまったというのだろう。

数か月後に控えている創立記念レセプションの運営チームは孝充の管轄なため、彼もまた猫の手を借りたいほど忙しいはずだ。それなのに何度も凛のデスク付近に来ては、無意味に仕事の進捗状況などを聞いてくる。

今も「本当は僕に対するあてつけなんだろう」と重役フロアにある給湯室でしつこく話しかけられ、内心うんざりしていた。

「芹那とは本当に魔が差しただけというか……君も知っている通り、彼女のバックには専務がいるし、妊娠したと嘘をつかれて逃げられなかっただけなんだ。でも、もう結婚は白紙になるはずだ」

「そうだとしても、私には関係ありません」

「関係なくはないだろう。芹那はもう会社に来ないだろうし、僕もやっと君と向き合える。きちんと話をしよう。あの副社長が急に凛を見初めて結婚だなんて……ありえないじゃないか。きっとなにか裏が――」

「チーフ、今後私を名前で呼ぶのはやめてください。それから、私と副社長の結婚はチーフにはいっさい関係ありませんので、これ以上の詮索はやめてください。はっきり申し上げて迷惑です」

凛は毅然とした態度で孝充の話を遮った。

(チーフってこんなに話の通じない人だったかな。近藤さんがいなくなったから私に向き合えるって……どちらに対しても誠意の欠片《かけら》もない言い草をするなんて)

必死に強がる姿をかわいくないと貶され、セックスのできない女性は用なしとばかりに裏切られたのだ。今さら孝充と話すことなどない。

彼は凛にとって尊敬していた上司でもあったため、交際中も敬語を崩さなかったし、彼の意見に反論したりもしなかった。けれど、ここ最近の孝充の態度はとても尊敬するに値しない。

「話は以上です」

「……以前の君なら僕の話を聞いてくれたのに。いつか後悔するからな」

反抗的な態度の凛に、孝充は顔を赤くして睨みつけてきたが、凛はそのまま給湯室を後にした。

十一月最後の週末。亮介からデートに誘われた凛は、約束の一時間も前からそわそわと落ち着かなかった。

『自宅まで迎えに行く。着いたら電話するから用意をしておいてくれ』

ふたりは婚姻届を提出したものの、まだ同居はしていない。

今は新ブランドの発表に向けて全力を尽くす時であるため、それが落ち着いたら引っ越しの準備をしようという話になった。

朝からシャワーを浴び、普段以上に丁寧にメイクを施していると、双子から「凛ちゃんお出かけ？」と尋ねられた。恥ずかしさはあったものの、先日挨拶に来た亮介と出かけるのだと話すと、ふたりは大騒ぎしながら凛の部屋へやって来てヘアアレンジをしてくれた。

幼い頃と立場が逆になっているのが、なんだか不思議な感じがする。

「デートならちゃんとかわいくしていかないと！　ってか凛ちゃんのクローゼットに服がめちゃくちゃ増えてるー！」

「えっ、ほんとだ！　これほとんどソルシエールじゃん！」

「あ、こら。勝手に開けないの」

口先だけで窘めたところで、テンションの上がった双子にはまったく届かない。

「あのイケメン副社長が買ってくれたの？　すごい、ちゃんと凛ちゃんをわかってるチョイスだー！　愛されてるねぇ、凛ちゃん」

「まさか凛ちゃんの彼氏、あっ、もう旦那さんか。とにかくあんなハイスペックイケメンだったなんて。ねぇ、いつから付き合ってたの？　この前の挨拶の時はあんまり詳しい話を聞けなかったからさー。あ、このワンピースよくない？」

「いいね！　はい、凛ちゃんこれ着て。で、どっちから告ったの？」

以前亮介に購入してもらったうちの一着に袖を通すと、わいわい騒ぎ立てる双子にお礼を告げ、なんとか部屋から追い出した。亮介との馴れ初めなど、とても家族には話せない。

秘書として半年ほどそばにいるが、交際期間はなく、休日に顔を合わせたことは一度もない。

書類上夫婦となってから二回、仕事終わりに食事へ行った。どちらも亮介が、凛の母が夜勤ではないかを確認した上でレストランを予約してくれて、普段と立場が逆転しているのに恐縮してしまった。

『プライベートまでがんばらなくていい。こういうことは男に任せておけ』

そう言われ、ぽんと頭をなでられた。堅物の異名からはほど遠い親しげな振る舞いに驚きつつ、このプライベートな亮介を自分が独占しているのだと思うと、胸に甘やかな感情が流れ込んでくる。

連れられたのは二軒とも凛の知らないレストランで、一見では入れないような場所だった。よく会食に同行する凛ですらドギマギするような上質な空間で食事をして、二十二時前には自宅に送り届けられるという健全なもの。

しかし今日は土曜日で、明日は休み。

ふたりともいい大人で、交際期間はないもののすでに婚姻届は提出しているのだ。初めてのデートだろうと、夜はそういった展開になるかもしれない。

（下着も一応新しいものにしたし、最低限のトラベルセットも持った……）

バッグの中身をチェックする手が小さく震えている。

亮介と出かけるのはとても楽しみだし、プライベートな彼をもっと知りたいと思っている。

けれど、その先に進むとなると未経験ゆえに極度の緊張に襲われていた。

（でも、不思議と恐怖は感じない……）

孝充とは初体験の機会はあったが、恐怖心から中断してしまった。

付き合っていれば誰もが通る道だと思っていても、恥ずかしさや痛みを想像すると体がすくんでしまったのだ。

けれど亮介とそういう仲になるかもしれないと考えた時、緊張の中にわずかな期待が混じっているのに、自分でも気づいていた。

普段はポーカーフェイスで淡々と仕事をこなす上司は、いったいどんな顔をして自分を抱くのだろう。

クールで冷徹な眼差しに滾るような熱情を宿して自分を見下ろす亮介を想像し、ぶわっと顔が熱くなる。

（朝からひとりでなにを考えてるの……！）

慌てて妄想をかき消し、もう一度鏡に向かって全身をチェックするのだった。

亮介との初めてのデートは車で少し遠出し、隣県で紅葉狩りを楽しんだ。

ちょうど見頃を迎えていて、美しく色づいた山々を眺めながら、ふたりでゆっくりと遊歩道を散策するのはとても心地いい時間だった。昼食はその道中で蕎麦を食べ、展望台からの景色を満喫し、帰りはまた別のコースの遊歩道を歩いた。

「副社長はこちらに来たことはあるのですか？」

「いや。時期的に一緒に紅葉を見たいと思って調べただけで初めて来た。それより、呼び方や話し方をなんとかしないか？」

「呼び方、ですか？」

「俺たちは結婚したんだ。プライベートで役職呼びはおかしいだろう。俺も仕事中以外は名前で呼ぶ。君もそうしてくれ。敬語も必要ない」

「そ、そう言われましても……」

突然の要望に戸惑っていると、亮介が懇願するような眼差しを向けてくる。

「凛」

低く甘い声で名前を呼ばれ、自分でも信じられないほどの喜びが体中を駆け巡った。ドキドキと心臓が高鳴り、自分の名前が特別なものにすら思えてくる。

「ほら。呼んでみろ」

「きゅ、急には無理です……！」

ブンブンと首を横に振る。彼から呼ばれるのにはキュンとしても、自分が呼ぶのは恐れ多いし、なにより改まって呼べと言われても照れてしまう。

「はっ、真っ赤だな」

盛大に照れた凛を見て、いつもはポーカーフェイスな亮介が声をあげて笑った。

「ひどいです、からかわないでください」

「からかってない。かわいい妻から名前で呼ばれたいだけだ」

「そ……そういうのが、からかってると申し上げているんですっ」

笑顔の亮介につられるようにして、凛も感情をあらわに彼に言い返す。その他愛ないやり取りが新鮮で、けれどとても幸せに感じた。

その後も互いに口数の多い方ではないため常に会話があるわけではないが、無言でも苦にならない空気がふたりの間に流れていた。

孝充とふたりで出かける際は、常になにか話題を探していた気がする。結婚を提案された時に亮介が言っていた『一緒にいて苦痛を感じないのは大きなポイントだ』という言葉の意味がよくわかる。

都心へ戻り、彼の行きつけだという日本料理屋で夕食を食べ、デザートの柿のゼリーに手をつけ始めたところで、ついに亮介から尋ねられた。

「このままうちへ連れ帰ってもかまわないか？」

この時間に自宅へ招かれる意味がわからないわけではない。凛だってそうなる予感がしていたからこそ、こっそり準備をしてきたのだ。

ここでうなずけば、即ちふたりの関係を深めることへの同意となる。

凛は恥ずかしさで肩を縮こまらせながらも、消え入るような声で「はい」とうなずいた。

ちらりと視線だけを上げて向かいに座る亮介を見ると、熱い欲をはらんだ眼差しに射すくめられる。

それ以上、互いになにも言葉はなかった。楽しみにしていた柿のゼリーを味がわからないまま食べきると、会計を終えた彼と車に乗り込んだ。


十五分ほど走らせ、着いたのは地下三階地上七階建ての高級マンション。都心の中心地に建ちながら緑豊かな空間で、まるで海外の城のような外観だ。亮介の部屋がある五階までエレベーターで上がり、絨毯敷きの内廊下を進む。

カードキーで部屋のロックを解除した彼に室内へ促され、凛は靴を脱いで揃えると長い廊下の奥にあるリビングへ足を踏み入れた。

「わぁ……」

思わず感嘆のため息が漏れるほど広々としていて、まるでモデルルームのようにスタイリッシュだ。

（ついに、来てしまった……）

この後に待ち構えている出来事を考えると、緊張で倒れそうだ。男性の部屋に入るのも初めてな凛は、どう振る舞ったらいいのかわからずにただその場に立ちすくんだ。

すると、うしろからそっと包み込むように優しい力加減で抱きしめられ、心臓が口から飛び出しそうなほど驚いた。

「ふっ、副社長……？」

「すぐにどうこうするつもりはない。だからそんなに硬くならないでくれ。俺にまで緊張が移る」

「も、申し訳ありません。なにぶんこういうことが初めてで、どうしたらいいのかわからず……」

ドキン、ドキンと脈打つ鼓動は、きっと回された彼の腕にも伝わっているだろう。

正直に今の気持ちを打ち明けると、背後でグッと喉が鳴り、抱きしめる腕に力が込められた。

「無粋なことを聞くが……君は先月まで原口と付き合っていたんだろう？　長く交際していた彼にも許さなかった体を、俺に明け渡していいのか」

亮介にそう問われ、会社の廊下での孝充の発言を聞かれていたのだと理解した。

『な、なんだよ。長く付き合ってるのにヤラせない女なんて変だって、僕の友人たちも口を揃えて言ってるんだ！　二回も連続で断られて、僕だって君にプライドを傷つけられた！　どうして僕だけ白い目で見られないといけないんだ！』

孝充が恋人間のプライベートな話を周囲に漏らしているだけでもショックだったのに、それを亮介に聞かれていたなんて居たたまれない。

（でも今思えば、初めての相手が副社長でよかった……）

数日後には十二月を迎えるというのに背中で感じる彼の体は熱く、自分を求めてくれているのだと思えた。それなのに初めての凛を慮って、こうして確認してくれる優しさがうれしい。

亮介に求められるのは決して恐怖ではなく、喜びが勝っているのだと伝えたい。

「副社長が……いいんです……」

契約結婚を申し出た亮介に対し、愚直に恋心を打ち明ける勇気はない。そうしたところで、彼を困らせてしまうのはわかりきっている。

けれど決して〝結婚するから〟彼に抱かれるわけではない。〝亮介だから〟こそ抱かれるのだと、彼に知ってほしかった。

「あの、経験のない女性の相手をするのは面倒だと思いますが……」

「バカを言うな。君が誰のものにもなっていないことが、俺をどれだけ高ぶらせているか思い知るといい」

くるりと体の向きを変えられ、そっと指で顎をすくわれる。

そのままゆっくりと唇が塞がれた。しっとりと重なった唇はやわらかく、堅物と呼ばれる亮介のイメージと正反対だとどうでもいい思考が頭をかすめた。

しかしそんな現実逃避をしていられたのも一瞬で、唇の隙間を彼の舌先になぞられるようになめられると、ぞくりとした感覚が腰を駆け抜け、体がビクッと跳ねる。

「キスも初めてだったか？」

「い、いえ」

「……そうか。なら遠慮はいらないな」

自分から聞いておいて不機嫌な声を出した亮介が、最初とは打って変わって激しい口づけを仕掛けてきた。

「んっ……！」

何度も角度を変え、凛の舌をからめとり、唾液を交換するかのように交わらせる。まるでこれから始まる夜の濃厚な時間を想起させるようなキスを受け、凛はとろけそうになる思考を必死にたぐり寄せた。

（こ、こういう時は、まずシャワーを……）

夏ではないにしろ今日は山の中を数時間歩いたし、なにより初めて好きな人と結ばれるのならば綺麗にしてから挑みたい。

「ふ、副社長、あの、待ってくださ……」

「なんだ？」

「あの、シャワーを……」

なんだか彼に抱かれる気満々なセリフな気がして、言ってから猛烈に恥ずかしくなった。

「……あぁ。そうだな、悪い。すぐにどうこうするつもりはないと言いながら、我慢できなかった」

それから案内された豪華な洗面所とバスルームを借り、体をこれでもかと念入りに洗った後、持ってきたささやかなお泊まりグッズで肌を整える。

さすがにパジャマまでは持ってこられなかったためどうしようかと迷っていたが、洗面所にバスローブが置いてあった。きっと亮介が用意してくれたのだろう。下着をつけるか否か五分ほど迷っていたが、湯冷めしそうになって慌てて用意してきた下着をつけてからバスローブを羽織った。

リビングに戻る第一声すらなんと言えばいいのか迷いながら、そっと扉を開ける。

「も、戻りました……」

するとくつろいだ様子でソファに座っていた亮介が立ち上がり、そばに来るとこちらをじっと見つめてくる。

「……やはり大きかったな」

バスローブのサイズを指しているのだろう。彼の言う通り、腰紐をしっかり締めていても肩がずり落ちそうで、胸もとの合わせをぎゅっと握りしめた。

初めて彼に買ってもらった服を着て出社した時も緊張したが、こうして彼に借りたバスローブを羽織っただけのすっぴん姿をさらしているなんて、倒れそうなほど心臓がバクバクしている。

この後はきっともっと恥ずかしい姿をさらすのだという点については、羞恥で爆発してしまうので今は考えないことにした。

凛が真っ赤になってうつむいていると、亮介が持っているミネラルウォーターのペットボトルがパキッと鳴った。

「その格好でそんな顔をされると、今すぐにでも襲いかかりたくなる」

「え……？」

「……いや、風呂で頭を冷やしてくる。水でもいいし冷蔵庫のものも好きに飲んでくれてかまわない。待っててくれ」

「は、はい……」

ペットボトルを渡された凛は、亮介の背中がバスルームへ消えていくのを見送ると大きく息を吐き出した。

もらった水で喉を潤し、落ち着くためにぐるりと部屋を見渡してみる。

リビングの奥の大きな窓はカーテンではなくブラインドがかけられていて、亮介らしい部屋だと感じた。

何インチかもわからない大きな壁かけのテレビに黒い革張りのソファ、床のラグも落ち着いたダークグレーで、全体的にモノトーンでまとめられている。キッチンは対面式で、手前のカウンターにはバーチェアが置いてある。いつもはあの場所で晩酌を楽しんでいるのだろうか。

凛はひとり暮らしをした経験はないが、独身でこんなにも広く豪華な部屋に住んでいるなんて、ごく限られた人間のみだということくらいはわかる。

化粧品会社として不動の地位を誇るリュミエールの副社長であり、いずれトップに立つであろう亮介の妻になったからには、こうした生活環境のギャップにいちいち驚いているわけにはいかない。怯む気持ちはあるものの、もう後には引き返せないのだ。

（だって、私は副社長が好きだから）

改めて自分の気持ちに向き合っていると、あっという間に亮介がバスルームから帰ってきた。

凛と同じバスローブを着ているが、胸もとは大きくはだけていて目のやり場に困る。大人の男の色気というものを具現化したような佇まいにクラクラした。

「は、早かったですね」

「逃げ出す暇もなかっただろう」

「……逃げません」

この期に及んでそんな心配をされているのだろうかと亮介を見上げると、まだ髪から水滴が滴る彼の顔面が目の前に迫ってきた。

「ん……」

目を閉じてそのキスを受け入れた途端、ふわりと体が浮く感覚に驚いた。

「キャッ」

凛を横抱きにした亮介はつかつかと歩みを進め、リビングの奥にある寝室へと移動する。

大きなベッドの上に横たえられると、そのはずみでバスローブがはだけて右の肩が剥き出しになっていた。

慌てて合わせを直そうとしたが、凛の体を両膝で跨いだ格好の亮介がその真っ白な肩めがけて顔を寄せ、ちゅっと音を立ててキスを落とす。

「あっ……」

まさか唇で触れられるとは思わず、体を硬くした凛を、亮介はあやすように抱きしめた。

「凛が嫌がるような真似はしない」

「副社長……」

「俺はこの年までまともに恋愛をしたことがない。女性の扱いも心情を読むのも、あまり得意とは言えない。だから、嫌だと思ったらすぐに言ってくれ」

実直なその言葉は、ベッドの上においてはスマートとは言えないかもしれない。

けれど凛を安心させ、心を解きほぐすには抜群の効果があった。

「嫌じゃ、ありません」

「凛」

「不慣れなのでどうしたらいいのかわかりませんが、りょ、亮介さんに触れられて……嫌だなんて思わないです」

覆いかぶさる亮介の瞳を見つめ、彼の名を呼んで自分の覚悟を伝える。

「私も、亮介さんとこうするつもりで……ここに来たんです」

驚いた顔をしたのもつかの間、亮介はぎゅっと目を閉じると、凛の上に崩れるように倒れ込んできた。

「あの……？」

「できる限り優しくしたいんだ。むやみに俺を煽《あお》るのはやめてくれ」

「あ、煽るというのは……？」

意味がわからずに聞き返したが、それに対する回答はない。

「んんっ……」

少し上半身を浮かせた亮介に噛みつくように唇を重ねられ、口内に舌をねじ込まれる。その激しさとは反対に口蓋を優しくなめられると、触れられてもいない腰のあたりがゾクゾクした。

「ふぁ……ん、んぅ……」

自分のものとは思えない甘ったるい声が恥ずかしいのに、それを止める手段がわからない。亮介のなすがままに貪られ、徐々に息があがっていく。

「脱がしてもいいか？」

律儀に確認され、凛がはいともいいえとも言えずに小さくうなずくと、亮介はすでに乱れていたバスローブの腰紐をほどき、合わせを左右に開いた。

嫌ではないけれど、恥ずかしさはなくならない。とっさに隠そうとしたが、両手首を亮介に掴まれた。

「……細いな」

「す、すみません。あまり女性らしい体つきではなくて……」

申し訳なさで身をよじると、亮介が首を横に振る。

「悪い、言葉が足りなかった。そういう意味じゃない。強く抱いたら壊しそうだと思っただけだ。それに、十分女性らしくてそそられる」

亮介の指が背中のホックをはずし、直接胸に触れる。

「男はこんなにもなめらかではないし、やわらかくもない」

ささやかな膨らみをもみしだきながら先端をいじられると、またあの甘ったるい声が口から漏れ出る。

「あぁ……っん」

「その声、もっと聞きたい」

身をよじりながら感じ入る凛に、亮介はさらに快感を与えてくる。

胸に愛撫を施しながら首筋や鎖骨に唇で触れ、時に強く吸い上げる。そのピリッとした痛みが凛の上半身にたくさんの花を咲かせていた。

緊張で硬くなっていた体が亮介の丁寧な愛撫によってとろけ始めた頃、ようやく彼の手が凛の脚を伝い、ゆっくりと秘部に近づいてくる。

「あ……」

「怖いか？」

「亮介さんなら、平気、です」

「……君は、本当に」

眉間にしわを寄せた亮介の指がショーツの上に到達し、そこを優しくなぞるようになでる。

たったそれだけの刺激に腰が震え、緊張と期待でどうにかなってしまいそうだった。

ゆっくりとショーツの中に入ってきた指が先ほどと同じように動き、快感を引き出す場所を探りだす。

誰にも触れられたことのない場所に、亮介が触れている。

恥ずかしくてたまらないのに、やめてほしいとは思わない。

直接的な刺激を味わった凛は大きく背中を反らせた。亮介の指が動くたびに潤んだ場所からくちゅりと音が聞こえ、耳を塞ぎたくなる。

「凛、できるだけ力を抜いていてくれ」

そっと指を差し込まれ、慎重に奥までうずめられる。

異物感にすくんだのも一瞬で、凛の反応を見逃すまいと丁寧に中を探っていった亮介により、すぐに快感の波に攫われた。

初めての凛を思ってか、たくさん慣らした後、手早く準備を終えた亮介が押し入ってくる。

「あっ……んんっ！」

痛みや苦しさはあったものの、それ以上に好きな人とつながれた喜びが大きかった。

「凛、痛いか？」

目尻に滲んだ涙を拭ってくれる亮介の額には、玉のような汗が浮かんでいる。きっと自分だって苦しいのに、凜を優先して動かずに待ってくれているのだ。

普段職場で見る顔とはまったく違う、男の色気がこれでもかと大放出されている亮介へ手を伸ばし、指先で額の汗を拭った。

「大丈夫、なので……お好きに」

動いてください、とは恥ずかしくて言葉にできなかった。

けれど、亮介にも快感を得てほしい。凜の体で気持ちよくなってほしい。

その一心で、大丈夫だと彼に小さく微笑んだ。

「こんな時まで君は……。俺はいい、まずは凜をよくしたい」

吐息交じりで告げられた言葉通り、亮介は自分の欲望を放つためではなく、ただひたすら凜を甘やかすかのように抱いてくれた。

「凜、かわいい。もっと俺を感じて」

唇、舌、指先、そして彼自身、すべてで凜を責め立て、感じさせ、甘やかす。

凜は与えられる快楽や甘やかされる心地よさに酔いしれ、いつしか自分から亮介に甘えるようにすがりついていた。

# 6．不穏な影

リュミエールの創立五十周年を祝う記念パーティーを二か月後に控え、秘書室はいつも以上に慌ただしい雰囲気だ。凛も例外ではなく、やるべき業務は無限にあり、まったく終わりが見えずにいた。

今年は節目の年ということで、自社商品の宣伝や取引先との関係を強固にするための社外向けレセプションと、日頃会社に尽くしてくれている社員をねぎらう社内向けのパーティーを別で行う予定だ。

凛は社内向けパーティーを担当しており、運営チームとミーティングを行いながら当日の具体的なプログラムを練り、必要な備品やケータリングを手配し、招待状の最終チェックを行っている。さすがに全社員を招くわけにはいかないため、役職付きの社員に加え、各部署から人数を絞って招待する予定だが、それでも膨大な数だった。

さらに社内向けパーティーでは、正式なプレスリリースに先駆けて新ブランドのお披露目をする予定になっており、そちらの準備にも大忙し。主に広報部と連携し、コスメを配置する場所の確認や演出方法、動画の作成など、打ち合わせする内容は多岐にわたる。

会場のケータリングや招待状のチェックなどはグループ秘書がメインとなって担当してくれるが、新ブランドの件については開発に関わっている社員以外には伏せられている情報も多いため、秘書室内では凛以外の人間に手伝いを頼むことも不可能で、頭はパンク寸前だ。

そんな毎日を送っている凛だが、亮介との関係は少しずつ深まっていった。

「すまない、なかなか時間が取れなくて」

「大丈夫です。副社長がどれだけ忙しいのかを一番わかっているのは私ですから。それに、こうして同じ職場で働いて毎日顔を見られる環境ですし」

顔を見られるだけで幸せという本音をオブラートに包み、微笑んでみせた。

ちょっとした休憩中のおしゃべりや出先でのランチなど、以前までは別々に過ごしていた時間を有効に活用して互いを知っていく過程は、凛にとって仕事をがんばれるエネルギーともなっている。

土曜日は亮介の運転する車で出かけ、彼の家へ泊まり、再び体を重ねた。やはり亮介は凛を気遣い、甘やかし、とろけるように優しく抱いてくれた。

その優しさから凛を思いやってくれているのが伝わり、急に決まった結婚に対する不安が徐々に薄まっていくのを感じる。

もしかしたら、もうすでに一方的な好意ではないかもしれない。凛が急速に亮介に惹かれたように、彼もまた凛を想ってくれているかもしれない。

そんなふうに心が期待してときめくほど、亮介は凛をこの上なく大切にしてくれる。

引っ越しだけでなく、結婚式も新ブランドの発売が落ち着いたらゆっくり考えようとふたりで話し合った。

リュミエールの御曹司の結婚式ともなれば、招待客はとんでもない人数になるだろう。目下《もっか》準備中の社外に向けた創立記念レセプションと、同規模になる可能性だってある。

亮介は「ふたりの結婚式なんだ、気にせずに凛がやりたいようにしよう」と言ってくれたが、そういうわけにはいかない。凛は自分が主役の花嫁であることを忘れ、義父である茂樹に海堂家の意向やしきたりを確認し、つつがなく準備しなくてはと心の中でこっそりと気合いを入れる。

同居も結婚式も当分先になりそうだが、凛は十分幸せを感じていた。

「……あれ？」

打ち合わせから自席に戻り、パソコンを起動しようとして首をかしげた。いくらマウスを動かしても、ロック画面の真っ黒なディスプレイのままだ。

（あれ？　またマウスの調子がおかしいのかな？）

数日前も同じようなことがあったため、もしかしたらマウスではなくパソコンの調子がおかしいのかもしれない。

再起動しようと電源ボタンに手をかけた時、恵梨香がうしろから声をかけてきた。

「凛、お昼外に行くんだけど一緒にどう？」

「あっ、行きたいです」

ここのところ多忙すぎてゆっくりランチすら取れていない。今日も忙しいのは変わらないが、ずっと気を張りつめていたらいつか倒れてしまう。

（戻ってきても調子がおかしいようなら、情報システム部に連絡してみよう）

凛はパソコンをスリープ状態にしたまま、恵梨香とふたりで近くの洋食屋へ向かった。互いに手早く注文を終えると、早速恵梨香から質問攻めにあう。

「それで？　副社長とはいつから付き合ってたの？　チーフの浮気発覚からいきなり副社長と結婚だなんて、本当にビックリしたんだから！」

「ご心配をおかけしてすみません。急展開で実は私も混乱してて……」

「そうよね。でも責めてるわけじゃなくて、よかったなって思って。やっぱり男が変わると女も変わるのね」

「そ、そうでしょうか……？」

「服装とか髪形が変わったってだけじゃなく、いい恋をしてるんだなってわかるもの。女性を綺麗にすることにかけては、コスメもかなわないかもね」

クスッと笑う恵梨香の言葉に、凛も微笑み返す。

亮介と結婚してからというもの、これまで以上に自分の身だしなみに気を使うようになった。隣に並んでも不自然ではないように、そして少しでも彼にかわいいと思われたいという欲が出てきたためだ。

契約結婚をしたこの状況が彼女の言う通り〝いい恋〟かはわからないが、少なくとも凛にとってはいい影響を及ぼしているのは間違いない。

けれど、いくらお世話になっている仲のいい恵梨香が相手でも、交際ゼロ日の契約結婚だと話すわけにはいかない。孝充や芹那からかばってもらう際に恋人のふりをしたのがきっかけで、そういう運びになったと濁して伝えた。

「すごいトントン拍子ね。もう一緒に暮らしてるの？　結婚式はするのよね？」

「引っ越しはまだです。結婚式もいつかする予定ですけど、詳しくは決まっていないんです。ちょっと今は忙しすぎて……」

「そっか、記念パーティーで新ブランドのお披露目が控えてるもんね」

「そうなんです」

「ねえ、じゃあふたりきりの時の副社長ってどんな感じ？」

「ど、どんなと言われても……」

「だって会社での雰囲気のままってわけじゃないでしょう？　堅物と言われる副社長の恋人に見せる顔って想像できないんだもん。そもそも笑顔が想像できない」

そう詰め寄られ、先日のマンションでの甘い一夜が脳裏に蘇る。

『凛、かわいい。もっと俺を感じて』

慣れない凛をとろけるほど感じさせ、甘やかし、まるで本当に愛されているかのように抱いてくれた。

翌朝起きると真っ先に体に痛いところはないか確認され、少し気怠いだけで痛みがないと知ると、朝食を振る舞ってくれたり、部屋でランチを食べられるように手配してくれたりと、至れり尽くせりだった。

ポーカーフェイスで言葉数が少ないのは仕事でもプライベートでも変わらないが、凛を見つめる瞳はやわらかく、接する態度はとにかく優しくて過保護なほど甘い。

けれどそれを正直に口にするには恥ずかしすぎるし、できれば自分だけの秘密にしておきたい。

言いあぐねていると、恵梨香はニヤニヤ笑いながら「もういい、なんとなくわかったから」と手を振った。

「よかった、ちゃんと愛されてるみたいで」

「え？」

「あの副社長がわざわざ秘書室に来て私たちに頭下げた時はビックリしたけど、それだけ凛が大切なんでしょ。チーフに対しても『見る目のない男と別れたのを知って口説き落とした』って言ってたし、きっとずっと凛のことが好きだったのね」

恵梨香の言葉に、少しだけ胸が痛む。

亮介がずっと凛を好きだったなんて、それが本当ならどれだけうれしいだろう。

曖昧に微笑むと、うんうんとひとり納得してうなずいた恵梨香が、ふと真顔になって身を乗り出してきた。

「ねぇ、チーフとは大丈夫なの？」

「え？」

「最近よく話しかけられてない？」

「そうなんです。実は少し困ってたんですけど……」

凛は孝充のここ数日の言動について話した。

仕事を手伝うとデスクまで来たり、話がしたいからと仕事終わりに食事に誘われたり、やたらと絡んできた。

芹那とは出来心だった、凛が副社長と結婚すると言いだしたのは自分に対するあてつけだろうと決めつけて話してきたため、いっさい関係ないし迷惑だから話しかけないでほしいと告げると、『以前の君なら僕の話を聞いてくれたのに。いつか後悔するからな』と顔を赤くして去っていった。

それ以降むやみに話しかけられることはなくなったのだ。

「なにそれ、めちゃくちゃ腹立つ言い分ね」

「でも、もう大丈夫だと思います」

最近孝充は頻繁に有給を使っていて、今日も休みを取っている。

きっと芹那がいろいろと暴露したせいでいづらくなったため、転職を考えているのだろうともっぱらの噂だ。

創立記念レセプションの準備を放り出して辞められては困る一方で、もう自分には関係ないと気に留めないようにしている。

「そっか。ちゃんと解決してるなら安心した。改めて、結婚おめでとう」

「恵梨香さん、ありがとうございます」

孝充と一年近く交際していたのを知っている恵梨香が、急な亮介との結婚に対して不信感を持つのではないかと少し心配していた。

けれど彼女はこうして凛を心配し、祝福してくれる。そんな優しい先輩がそばにいてくれるなんてとても恵まれた環境だし、辞めなくてよかったとしみじみ思う。

精いっぱいの感謝を込めて、凛は恵梨香に笑顔を向けた。


昼休憩から戻ると、パソコンに異常は見られず業務は順調に進んだ。

連日の残業で首や肩はバキバキに凝っているし、酷使している目にも疲れがたまっているのがわかる。

けれど今を乗り越えれば新たな素晴らしいコスメブランドを世に送り出せるのだと思うと、仕事は苦ではなかった。

「もしかして、凛ちゃん？」

その日の帰宅途中、すれ違いざまに背の高い男性から声をかけられた。

自分をそんなふうに呼ぶ男性に心あたりがなく、凛は警戒しつつ声の主を仰ぎ見た。

「やっぱり、立花凛ちゃんだよね」

ふわりと穏やかに微笑んだ男性の表情に、幼い頃の記憶が蘇ってくる。

「……あ、修ちゃん？」

「よかった、覚えてててくれたんだ」

声をかけてきた男性は阿部修平。凛の実家の近くに住んでいた幼なじみで、高校の合格祝いにリュミエールのリップをプレゼントしてくれた張本人だ。

小学校の登校班が一緒で、六年生の修平は一年生だった凛の面倒をよく見てくれた。五つも離れているため特別に仲がよかったというわけではなく、彼が中学に上がるといつしか疎遠になっていったが、母親同士の交流は続いていたため、大学を出た後は同じ都内でひとり暮らしをしているという情報は凛の耳にも入っていた。

けれど実際に会うのは久しぶりすぎて、自分が彼に対してどんな口調で話していたのかも曖昧で、ついたどたどしい返しになってしまう。

「覚えてる、よ。久しぶり……」

「うん。十年ぶりくらい？　俺の中の凛ちゃん、制服姿で止まってるから、大人になっててビックリした」

そういう彼こそ学生だった頃の線の細さはなくなり、逞《たくま》しい大人の男性になっている。野球部だったため丸刈りに近い短髪だった髪はカジュアルなショートヘアで、艶のある黒髪をワックスでなでつけている。細身なスーツ姿が長身の修平にとてもよく似合っていた。

「よく私ってわかったね」

「やっぱり面影はあるし、実家のすぐ近くだしね。まだ実家に住んでるの？」

「うん。修ちゃんはひとり暮らししてるって聞いてたけど」

「あぁ。今日は結婚の報告をしに実家に寄ったんだ」

「えっ！　おめでとう！」

「ありがとう。せっかくだし少し話そうよ。もう夕飯は食べた？」

修平は報告がてら実家で夕食を済ませ、これから彼女と一緒に住んでいる自宅へ帰るところだったらしい。

凛も夕食は会社で済ませてきたので、ふたりで近くのコーヒーショップへと移動し、十年分の積もる話に花を咲かせた。

修平の婚約者とは大学時代から付き合っていて、合格祝いにくれたリップを一緒に選んでくれた女性だという。

ふたりが『美堂《みどう》』という化粧品会社に勤めていると聞いて、凛は思わぬ共通点に驚いた。

「私はリュミエールで働いてるの！　まさか同じ業界だったなんてビックリ」

「すごいな、最大手じゃないか。美容部員？」

「ううん、秘書室にいるの」

修平は開発部の研究職に就いていると話してくれた。大学では応用化学科で実験に明け暮れていたが、今も変わらない生活をしていると笑った。

彼の婚約者は美堂の企画部に所属しているらしく、婚約者いわく〝仕事ができないくせに横柄な上司〟に悩まされているのだとか。

今日も本来なら一緒に修平の実家に寄るつもりだったが、急にその上司が突拍子もない提案をしてきたため、その対応に追われて残業を強いられているらしい。

「そっか、彼女さん大変だね」

「それでも仕事は楽しいみたい。俺とは似た者同士なんだろうね」

彼女のことを愛しげに語る修平は、凛の知っている彼の何倍も素敵な男性に成長している。

子どもの頃は五つ年上の彼がとても大きく見えたし、自分よりもずっと大人に感じた。リップをもらった時はドキドキしてうまく話せず、憧れのような感情を抱いていたのだと思う。

けれど大人になった今、こうして向かい合ってふたりでコーヒーを飲んでいても、あの頃のような感情は湧いてこない。純粋に修平の結婚を祝福する気持ちでいっぱいだった。

(今の私の心の中には、亮介さんしかいないんだな)

本当なら凛も結婚したのだと報告したいところだが、亮介の結婚はまだ社外に発表されていない。相手を聞かれても困るため、黙っておくことにした。

(なんだか、無性に亮介さんに会いたい)

先ほどまで一緒に働いていたというのに、もう会いたくなってしまった。

彼から働きすぎだから先に帰るようにと言われて退社したが、きっとまだ亮介は会社にいるだろう。明日こそ亮介も早めに帰って休めるように、スケジュールを見直してみなくては。

「そろそろ行こうか。久しぶりに会えてうれしかったよ」

「うん、私も」

会計を終えて店を出ようとすると、慣れないヒールのパンプスのせいか、段差につまずき転びそうになった。

「おっと」

抱きとめるように支えてくれた修平にお礼を言い、慌てて体勢を整える。

「ごめんなさい、ありがとう」

「ううん。遅くなったし送ろうか？」

「大丈夫、もうすぐそこだから。じゃあ修ちゃん、お幸せに」

「うん、ありがとう」

結婚式に招待したいからと、最後に連絡先だけ交換して別れた。手を振り、駅に向かう修平に背を向けて歩き出す。

数歩歩いたところで視線を感じ振り返るが、すでに修平のうしろ姿は角を曲がって見えなかった。

（気のせいかな？）

時刻は午後九時を回っている。夜は昼間以上に空気が冷たく、吐く息も白くなった。

明日もきっと師走の名にふさわしい忙しさが続くはずだ。

凛は羽織ったコートの合わせをぎゅっと掴むと、足早に家路についた。

＊　＊　＊

「副社長に面会をお願いします！」

バタバタと重役フロアに駆け込んできたのは、新ブランド開発チームの山本を筆頭に数人の社員たちだ。

以前プレゼンをしに来た時の自信に満ちあふれた顔つきとはまるで違う、息を切らし、額に汗を滲ませた必死の形相に、秘書室の面々も何事かと一様に手が止まった。

副社長である亮介は打ち合わせや会議などの予定がびっちり組まれているため、本来は数分の面会だろうと事前にアポが必要だ。

そのルールを山本たちが知らないはずがないし、こうしてアポなしでやって来たことなどこれまでに一度もない。よほどの事態が起きたのだと、凛はすぐにデスクの内線で亮介に連絡をしようとしたが、騒ぎを聞きつけた彼が副社長室から出てきた。

「何事だ」

「副社長、大変です！　やられました！　これを……っ！」

山本が持っていたタブレットを差し出す。そこにはニュース記事のようなものが映っているが、凛の位置からは確認できなかった。

受け取った亮介が目を通すのを、周囲は固唾をのんで見守っている。

見る見る険しくなる彼の表情を見て、状況がよくないのだとわかった。

「この発信日はいつだ？」

「今日の午後二時なので、約四十分ほど前です。すでにネットニュースには取り上げられていて、SNSでも一部のコスメ好きな女性の間で話題に上っているようです」

「立花。ネットで美堂、クリエ、リニューアルで検索してみてくれ」

「はい」

まったく話についていけなかった凛だが、亮介の指示に従いパソコンに検索ワードを打ち込む。凛だけでなく、その場にいたほかの秘書たちも気になったのか自分のパソコンやスマホで検索し始めた。

一番上の記事をタップすると【『クリエ』来春に向けてコンセプト一新の大幅リニューアル】というニュースが報じられていた。美堂は既存ブランドのテコ入れとして、クリエの商品を大幅に改良するとプレスリリースを配信したようだ。

「え、これって……」

凛はそのニュースを読み、驚きに目を見張った。クリエが打ち出したリニューアル後のブランドコンセプトやビジュアルイメージが、現在亮介主導で作っているリュミエールの新ブランドと酷似していたのだ。

ニュースサイトからリンク先の美堂のホームページへ飛んでみると、アイシャドウやリップのイメージ画像がリュミエールで開発したパッケージの色や形とそっくりだ。リップは、百貨店だけでなくバラエティショップとタイアップして限定色を出すという販促手段までリュミエールとかぶっている。

さらに価格帯も同じくデパコスとプチプラの中間で、クリエの方がわずかに下回る設定になっていた。

「……うちの情報、漏れてますよね」

山本が悲痛な面持ちでつぶやくと、その場にいる全員の表情に緊張が走った。

コンセプトやパッケージのデザインが似通うのは同じ業界にいれば経験することだが、ここまですべてにおいて酷似しているとなると、山本が言う通り情報が外部に漏れているのだろう。

新ブランドの開発過程については厳重に管理されており、リュミエールの社員にすら共有されている情報は少ない。

サーバー内にある新ブランドのフォルダには閲覧権限を持つ一部のパソコンでしかアクセスできない仕様になっていて、その権限は総責任者である亮介やその秘書の凛、新ブランドの開発チームや広報部の担当者など一部の人間にしか与えられていない。

外部の人間がサーバー内の特定のフォルダにハッキングしたか、または、あまり考えたくはないが内部に情報をリークした人間がいることになる。

どこの業界でもそうだが、どちらが先に企画したかではなく、どちらが先に世間に発表したかが勝負となる。情報を盗んだ証拠など残しているはずがなく、犯人が自白しない限り故意に類似させてつくったと証明ができないためだ。

(どうしよう、せっかくもう少しで形になるはずの新ブランドが……！)

あまりの出来事に、凛は絶句して立ち尽くすしかできない。クリエのプレスリリースに気づいたほかの開発メンバーも慌てて重役フロアに上がってきており、情報漏洩や産業スパイといったワードが飛び交い、その場が疑心暗鬼で騒然としだした。

「みんな落ち着け」

そんな状況の中、フロア全体に低く芯のある力強い声が響き渡った。

「犯人探しは後だ。今は考えても仕方がない。とにかく情報を集めよう」

頼もしいその声に、淀んでいた空気が一瞬にして動きだす。

「既存の商品やターゲット層、売上やリニューアル後の展開、クリエに関する情報を手分けして集めてくれ。このプレスリリースだけでは対策の立てようがない」

「わかりました」

「立花、会議室を押さえて各方面に連絡して」

「はいっ！」

凛が急いで総務部の会議室予約システムを立ち上げようとすると、ちょうどメールが一通届いた。差出人の部分がフリーメールアドレスになっており、件名には【裏切り者の正体】とある。

いたずらメールにしてはタイミングがよすぎる。嫌な予感が胸をかすめ、ぞわりと背筋に緊張が走った。

凛はゴクンと喉を鳴らしてそのメールを開封し、文面を目にした瞬間、息をのんだ。

【副社長秘書・立花凛は、美堂の開発部社員とただならぬ仲。立花は彼にリュミエールの情報を流している】

根も葉もない文面とともに、下にはご丁寧に画像まで添付されている。

男女がカフェの入口付近で抱き合っているような写真だった。男性の方は背中を向けているため顔は判別できないが、女性の方はあきらかに凛だとわかる。

（これ、この前修ちゃんと自宅近くで会った時の……？）

一瞬だけを切り取られると抱き合っているように見えるが、実際には凛が転びそうになったところを支えてもらっただけで、決してやましいところはない。

物陰から撮られたようなアングルで、あきらかに悪意のある隠し撮りに、凛は恐怖に身をすくめる。それと同時に、あの日うしろからの視線を感じて振り返ったことを思い出した。

(もしかして、ずっと見られてたの……?)

メールの文面はあきらかに凛を情報漏洩の犯人に仕立て上げようとするもので、身に覚えのない凛にとって恐怖と困惑だらけだ。

「凛? どうしたの?」

恵梨香が凛の様子がおかしいと気づき、手もとを覗き込む。

「え、ちょっと……なによ、これ」

「なんだ、どうした?」

恵梨香の驚いた声に反応した亮介もやって来た。

彼はメールの文面や画像に目を向けるや否や、黙ったまま睨みつけるようにパソコン画面を見つめている。

(どうしよう、亮介さんに誤解されてしまったら……)

凛が不安になって亮介を振り仰いだ瞬間、孝充がフロア中に聞こえるような大声を張りあげた。

「立花、これはどういうことだ！　君がやったのか！」

孝充は自席のパソコン画面を指さしている。凛がハッとしてメールを確認すると、リュミエールの全社員へ一斉送信されているようだ。

誰が送ったかもわからない真偽不明のメールをうのみにして、孝充は凛を情報漏洩の戦犯として槍玉にあげるかのようにまくし立てた。

「業務中に知り得た情報を外部の人間へ漏らすなんて、秘書として一番してはならない失態だぞ！」

「違います。たしかに写真に写っているのは私で、彼が美堂の社員なのは間違いありませんが、単なる幼なじみです。そもそもこの日会ったのだって偶然で……情報を漏らすなんてありえません」

濡れ衣だと首を横に振るが、孝充は聞く耳を持たぬまま喚き続ける。

「君が副社長と結婚だなんておかしいと思ったんだ。この結婚を隠れ蓑にしてスパイをするつもりだったのか」

「凛がそんな真似するはずないじゃないですか！」

とっさに恵梨香がかばってくれるが、孝充はツカツカと凛のそばまでやって来ると、凛のデスクの引き出しを開け、ごそごそとあさりだした。

「原口チーフ、勝手にやめてください」

「おい、原口」

凛だけでなく、亮介も孝充の横暴な態度に黙っていられずに声をあげたが、制止する前に彼がピタリと動きを止めた。

「これはなんだ？」

孝充が凛のデスクの一番上の引き出しの奥から取り出したのは、見覚えのない黒いＵＳＢだった。

「え？　それは私のものではありません」

セキュリティ上、社内の個人用パソコンはＵＳＢの使用がシステムで制限されているため、自席で使用することはできない。

取引先などから預かった場合は、部署ごとに設置されている共有パソコンで内容を確認し、専用のロッカーに保管する決まりになっている。

業務上ＵＳＢを使う機会はないため、デスクに入れておくなどありえない。

「みんな見ていただろう。今君のデスクの引き出しから取ったものだ。……怪しいな。中を確認させてもらう」

孝充はＵＳＢが使用できる専用パソコンへ足早に向かい、ＵＳＢを差し込んだ。

水を打ったように静まり返るフロアに、孝充の操作するマウスのクリック音だけが響いている。

「……やっぱりか」

孝充は勝ち誇ったような顔をして、周囲に見えるようにパソコンの画面の向きをくるりと変える。

そこに映し出されていたのは新ブランドの商品の原料の仕入先や原価、配合率などの詳しい処方のリストだ。コスメの要となる最重要機密であり、当然ながらUSBにコピーするのは固く禁じられている。

これには凛だけでなく、隣にいた亮介も息をのんだ。

「君は……コンセプトやパッケージデザインだけじゃなく、商品の処方まであいつに渡すつもりだったのか」

孝充の言葉に、重役フロアに集まった多数の人たちの視線が刺さるのを肌で感じる。

凛は必死で首を振った。

「ですから、そのUSBは私のものではありません」

「そんな言い訳が通用すると思っているのか！」

言い訳と言われても凛のものではないし、誓って情報を外部に漏らしてもいない。

先ほどのメールといい、USBといい、間違いなく誰かが凛を情報漏洩の犯人として仕立て上げようとしている。

言いようのない恐怖と不安が、足もとからひたひたと擦り寄ってくる気がした。

「なんと言われても、私ではありません」

「君のデスクからこんなにはっきりとした証拠が出たんだ。実際に美堂に勤める男と会っていた写真まである。君が犯人じゃないと証明できるのか」

なにかをした証拠は簡単にでっち上げられても、していないことを立証するのはほぼ不可能だ。悪魔の証明を投げかけられ、言葉に詰まる。

凛が犯人ではないと証明するには、真犯人を見つけるしか手はない。しかしその手立てが思いつかず、凛は唇を噛みしめる。

そこに、亮介の鋭い声が響いた。

「今はそんなことを考えている場合じゃない」

指で眉間をぎゅっとつまんだ亮介は、凛の方を見ることなく告げた。

「立花。君はもう上がってくれ」

「え……」

言い放たれた言葉の意味を理解するのに、数秒かかった。

凛が固まっていると、亮介がゆっくりとこちらに視線を向ける。その眼差しからはなんの感情も読み取れず、彼が凛を疑っているのか信じてくれているのかすらわからない。

ライバル会社に新ブランドの情報が流れ、先に類似商品をプレス発表されてしまった今、一刻も早く情報を集め、対策を練り、実行しなくてはならない。新ブランド発表までもう二か月もないのだ。現段階で一番疑わしい凛をそばにおいていては、チームの士気に関わり迷惑をかけかねないという判断だろう。

相手が妻であろうが関係ない。凛の無実が証明できない以上、無条件にかばうわけにいかない。亮介はそういう立場にあるのだ。

そう頭では理解していても、胸が激しく痛み、うまく息継ぎができない。

大変な時に秘書として亮介のそばで支えられないのも、あっさりとこの場から退場を言い渡されたことも、優しい言葉や眼差しさえ与えられなかったことも、凛は自分でも思っていた以上にショックを受けた。

けれど亮介の言う通り、今は犯人探しをしている時ではない。ここで凛がごねて対策が遅れては、スパイの思うつぼになる恐れがある。

「……承知しました」

凛は持ち前の我慢強さで感情を圧し殺して一礼すると、亮介はなにかに耐えるように苦しげに眉間にしわを寄せている。その意味を考えないように無心で荷物をまとめて秘書室を出た。

恵梨香や先輩秘書が一様に心配そうな顔をしていたから、凛は気丈に大丈夫だとうなずいてみせる。その際に視界の端に入った孝充だけが勝ち誇った顔をしてこちらを見ていたのに、凛は気づかないふりをした。

会社を出ると、なぜか亮介の運転手を務める真鍋が待ち構えていた。

「お疲れさまです、立花さん。お乗りください」

「わ、私ですか……？」

「はい。亮介様から立花さんをお送りするよう言いつかっております」

きっと凛が秘書室を出てすぐに手配したのだろう。まさかこのまま逃げるのを懸念されているのだろうか。

（さすがにそれはないと思いたいけど……）

秘書として、妻として、信じてくれているだろうか。

疑われているのか、失望されたのか、亮介がどう思ったのかがわからない。だからこそ不安でたまらなかった。

あのメールを見た社員は、凛がリュミエールの情報を恋人へ漏らしていると疑うだろう。いくら口先で否定しても、情報漏洩した犯人でないという証拠がない。

実際、他社にコンセプトや価格帯などが知られてしまっていたし、パッケージデザインまで似せられていた。

一部の人間しかアクセスできない情報がコピーされたＵＳＢが凛のデスクの引き出しに入っていたことや、修平との隠し撮り写真を社内全員に向けて送られているところを見ると、犯人はあきらかに凛に罪をなすりつけようとしている。

（いったい誰が……？）

陥れるのに都合がよかったのか、誰かに恨まれていたのか、どちらにせよそんな真似をする人物に心あたりはない。

凛が犯人ではないと証明できなければ、今後は開発チームから離れなくてはならないのだろうか。

（秘書室から異動させられるか、それどころか……）

役員秘書でありながら企業の機密を外部に漏らしたと疑われては、これまでのように仕事を任せてもらえるとは考えられない。最悪の場合、懲戒解雇だってありえるのではないか。

自ら導き出した疑念にぞっとする。

その瞬間、凛を会社から追い出そうと躍起になっていた芹那の顔が浮かんだ。彼女なら凛にスパイ疑惑をかけ、退職に追い込むくらいやってのけそうだ。けれど彼女はあれ以来会社には来ていないし、孝充ともあれっきりだとしたら凛に会社を辞めさせたいという動機がない。

（亮介さん……）

凛に帰宅を促した亮介の表情を思い出す。

すべての感情を冷徹な副社長の仮面で覆い隠し、秘書であり妻でもある凛にさえ気取られないようにしていた。

（少しずつ心の距離が近づいたと思った途端、こんなことになるなんて。せめて彼にだけは、信じてると言ってほしかった……）

自分の心の奥底にある本音を自覚し、凛は思っていた以上に亮介に甘えているのだと気がついた。

彼ならば、無条件に自分をかばってくれると無意識に考えていたのかもしれない。

亮介が凛と結婚したのは、周囲の雑音から解放されて仕事に集中したいからだ。

（それなのに、妻の私がこんなふうにスパイを疑われるなんて）

秘書としても結婚相手としても足を引っ張っている。

その事実が大きな渦となって凛の心に襲いかかり、社内では必死に我慢していた涙があふれて止まらなかった。

# 7．暴かれる真実《亮介Side》

そのメールを見た瞬間、文面ではなく写真に目が釘付けになった。

凛が亮介以外の男と抱き合う画は、目を逸らした後も強烈に脳に焼きついている。

彼女に結婚を申し込んでからは、まさに怒涛の日々だった。

自分を顧みず人のために懸命に尽くす凛を甘やかしたくて服をプレゼントすると、彼女はその服に見合うようになりたいとメイクや髪形を変えだした。

凛は自分が地味だと思い込んでいるようだが、一つひとつのパーツは整っており、なによりポーカーフェイスを装っていても感情の出る黒目がちな瞳が愛らしい。本気でメイクをすれば美しくなるであろうことは、以前からわかっていた。

案の定、外見に変化が見られるようになった凛は、元恋人の原口だけでなく社内の男性の目を惹き、亮介をやきもきさせた。

芹那が唐突に感情を爆発させ、亮介に迫った揚げ句に出社しなくなった時には、凛を悩ませる存在がいなくなったと清々したのと同時に、彼女が結婚に対してメリットを感じなくなるのではと自分勝手な焦りが湧いた。

そのため業務中に返事を迫るような真似をしてしまったが、彼女はプロポーズを受け入れてくれた。必死にポーカーフェイスを装いはしたものの、仕事にかこつけて彼女の唇を奪ってしまう程度には浮かれていた自覚はある。

結婚を申し込んだ当初は、少しずつ慎重に、逃げられないように距離を縮めようと思っていた。

にもかかわらず、彼女が結婚にうなずくとすぐ父に報告し、凛の家族に挨拶へ行き、婚姻届を提出した。

それというのも、社内で亮介の結婚の噂が広まり、相手が誰なのかと憶測が流れる中、凛が怖気づいて結婚を取りやめたいと言いださないか不安だったのだ。

かなり強引だった自覚はあるが、絶対に逃がしたくなかった。

しかし、紙切れだけの結婚がしたいわけではない。

凛の家族にも誓った通り、必ず彼女を幸せにしなくては。

亮介は事前に行き先を入念に調べてデートに誘い、その途中で呼び方を改めた。それだけでぐっと距離が縮まった気がしたし、彼女の顔は紅葉よりも真っ赤に染まって愛らしかった。

初めて凛を抱いた時には、天にも昇る心地というのはこの気持ちを言うのだろうと本気で思った。

仕事中の凛としている彼女も好きだが、緊張しながらも身を任せ、慣れないながらも甘えてすがる凛が愛おしくてたまらない。

ようやく自分のものになったのだ。これから時間をかけて愛し尽くし、彼女の心ごと手に入れたい。

そう思っていた矢先に送りつけられたメールと写真を見て、亮介は手を固く握りしめた。

長年恋愛と距離を置いていた亮介と違い、凛は数か月前までは孝充という恋人がいたし、リュミエールのリップをくれたという幼なじみの男の話も聞いている。

今、凛は紛れもなく自分の妻だし、過去に嫉妬するなど生産性がないとわかっていても、ジリジリと胸が焦げつくのを止められない。自分の中にこんなにも黒い嫉妬心というものがあるとは、凛と出会うまでは思ってもみなかった。

情報漏洩についての処理と、新ブランドの対策を練らなくてはならないのに、凛が隣にいると写真がフラッシュバックしてしまう。

あの男はいったい誰なのか、いつ撮られた写真なのか、なぜ抱き合っているのか、問いつめたい気持ちでいっぱいだった。

「今はそんなことを考えている場合じゃない」

自分に言い聞かせるように口に出し、凛を先に帰す決断をした。

落ち着いてメールの文面を見れば、凛個人に責任をなすりつけようとしていて、怨恨の線が濃厚だと思われる。

他社の人間がセキュリティをかいくぐってリュミエールのサーバー内のフォルダにアクセスできるとは考えにくく、プロの産業スパイにサイバー攻撃を仕掛けられたか、情報を漏らした人間が社内に、それも近い位置にいる可能性が高い。

凛のデスクにＵＳＢが入れられていた件を考えると、後者に違いないと亮介は睨んでいる。

凛が貶められている現状を知れば、きっと犯人は満足するだろう。

それならばここで感情的になって無計画に凛をかばうのは愚策だ。少し泳がせ、様子を見つつ対策を講じなくてはならない。

亮介の態度にショックを受けた様子の凛を思い出し、胸が痛む。

本来なら微塵《みじん》も疑っていないのだと微笑みかけ、心配しなくていいと抱きしめたかった。

けれどあの場でそうするわけにはいかず、また大人げない嫉妬心にかられていたのもあり、副社長という堅物の仮面をかぶることでなんとかしのいだのだ。

あの状態の凛をひとりで帰すのは心配で、真鍋に電話をして車を手配した。

マンションのコンシェルジュにも電話をして必要な手配を頼むと、すぐに本題に取りかかる。

持てる手段をすべて使って情報をかき集め、現在の状況把握に努めた。

プレスリリースによると、クリエというブランドが春コスメの目玉としてリニューアルを打ち出したとある。しかし既存のブランドコンセプトとかなりズレが生じているように見える。

美堂の中にはもちろんデパコスと呼ばれる高価格帯のプレステージブランドもあるが、クリエはドラッグストアやバラエティショップを中心に展開されているプチプラブランドで、ターゲット層は主に学生などメイク初心者の女性だ。

ベーシックでデイリー使いしやすいカラー展開かつ比較的手頃な値段で手に入るとあって、どこのドラッグストアでもよく目にするコスメブランドのひとつである。

そのクリエが今回リュミエールの新ブランドのコンセプトや価格帯に寄せたことによって、かなり大幅な値上げとなり、パッケージの印象もガラッと変わる。白地に小花柄モチーフで、どのコスメも角がなく曲線的なデザインだったクリエが、一挙に路線変更をした形だ。

ブランドとしての格を高めたかったのだろうが、内容自体はベースメイクの美容成分の配合が多少変わったのと、既存のリップにマットタイプが新作として発売されること、アイシャドウとリップに限定色が出るだけで、著しい変化は見られない。

凛のデスクの中にあったＵＳＢに原料の配合率などの処方までコピーされていたのを見て肝が冷えたが、あの情報は渡っていないか、手に入れたのは最近で処方まで真似る時間はなかったのだろう。

アイシャドウやリップのパッケージはリュミエールが発売を予定しているデザインとかなり似通っているが、やはり要となるのはコスメとしての質だ。

リュミエールに新ブランドができるという情報を得て、ただ先に世に出すという目的だけで打ち出されたもの。そんな卑劣でなんのポリシーもないお粗末なブランドに、心血を注いで作り上げたリュミエールのコスメが負けるはずがない。亮介はそう確信した。

「これなら予定通り新ブランドを発表しよう。初めは多少似ていると非難の声があがるかもしれないが、うちの商品はこんな付け焼き刃のブランドに負けはしない」

クリエのプレスリリースから約三時間後。新ブランド開発チームが集まった会議で亮介が自信を持ってそう言いきった。

「俺が保証するし、全責任を負う。みんな胸を張って、発売までもうひと踏ん張りしてほしい」


普段堅物だの冷徹だの言われている亮介が熱く鼓舞したおかげで、不安に駆られていた社員たちの表情が晴れやかになり、活気が戻ってくる。

そんな中、開発部責任者の山本がゆっくりと発言を求めて挙手をした。

「あの、副社長。立花さんは……？　彼女が各部署との調整をしてくれたおかげでスムーズに進んだ部分もありますし」

彼がおずおずと発言すると、ほかの社員からも同意見が上がり、皆一様にうなずいている。

ここにいるメンバーにはまだ凛との結婚を報告していないため、彼らは亮介に対する媚びや忖度ではなく、純粋に凛を信じて案じてくれているのだ。

誰も凛を疑っていないのは、彼女の仕事ぶりが評価されているからだとうれしくなった。亮介も大きくうなずき返す。

「情報漏洩の件はこちらで調査する。気になるだろうが周りの雑音に惑わされず、今は目の前の仕事に集中してほしい」

一人ひとりの顔を見ながら告げ、会議を締めた。

（あとは、誰がなんの目的で凛に罪を着せようとしたのか……）

亮介は通常業務をこなす傍ら、友人の弁護士に連絡を取った。

『如月《きさらぎ》法律事務所』という国内有数の弁護士事務所で働く高城大和《たかぎやまと》とは大学の同期だ。学部は違ったが、一般教養や英語などいくつか同じ授業を取っており、たまたま隣の席に座ったのがきっかけで話すようになった。

互いに多忙なためあまり頻繁には会えないが、大学を卒業して十年近く経った今でも交流がある。

『珍しいね、海堂から連絡をくれるなんて』

「忙しいのに悪い。相談料は言い値で払う、少し時間をくれないか。聞きたいことがあるんだ」

挨拶もそこそこに切り出すと、大和はなにか察したのか『俺の時間はそこそこ高いよ』と笑って了承してくれる。

亮介は寛容な友人に感謝しながら、詳細な固有名詞は伏せ、社内の一部の人間しか知りえない情報が他社に漏れていた件について説明した。

「その情報は共有サーバーのフォルダで管理され、閲覧制限をかけてある。社外の人間が簡単にアクセスできるとは考えにくい。かといって、アクセス権限を持っている人間が情報を流したとも思えないんだ」

『なるほど』

大和は少しの間考え込み、『産業スパイは専門外だから詳しくはないよ』と前置きした後、いくつかの考えられる事例を教えてくれた。

メールを送りつけて悪意のあるリンクをクリックさせ、情報を開示させるフィッシングと呼ばれる手口や、取引先を装い伝送ネットワークを通じてデータを取得する盗聴のような手口もあるそうだが、多くはそういった犯罪に精通した人間が使うらしい。

大和が疑ったのは、ハッキングに近い手法だった。

『素人が行う場合に多いのが、リモートデスクトップでアクセス権限を持っているパソコンを介して情報を盗む方法だ。これならある程度パソコンの知識を持った人間なら誰でも考えつく』

リモートデスクトップとは、離れた場所にあるパソコンを自分の手もとにあるパソコンのキーボードやマウスを使って操作する仕組みを言う。

ただしリモートデスクトップは許可制で、接続するパソコンの共有設定がＯＮになっていなければ不可能だ。当然だが、通常会社のパソコンはセキュリティ上ＯＦＦ

にしている。

「接続するパソコンの設定さえ変更できれば可能、ということか」

『そう。犯人か、または共犯者が、操作したいパソコンの設定をいじれる位置にいる可能性がある』

「個人に与えられているパソコンにもセキュリティはかかっているが」

『それについてはもっと簡単だ。ショルダーハッキング、まぁ簡単に言えば盗み見みたいなものだよ。うしろから肩越しにパスワードを打つのを見て覚えておくやり口だ。操作したいパソコンの周囲に誰もいない隙を見計らって、盗み見たパスワードを使ってリモートデスクトップの共有設定をＯＮにしておく。そうすれば権限のない自分のパソコンからでも機密情報にアクセスできるってわけだ。履歴でＩＰアドレスを確認すれば操作した端末もわかる。問題は……』

「問題は?」

『どのパソコンを仲介したのかの特定が難しい点だ。それに、リモートコントロールしている時は仲介されたパソコンはブラックアウトする可能性がある』

「それならおおよその予想はついている」

亮介は眉間にしわを寄せて答えた。

フリーメールアドレスから全社員あてに送られたメールは、あきらかに凛を貶めようとしているものだった。もしも凛を情報漏洩した犯人に仕立て上げようとしているのなら、サーバー内のフォルダにアクセス履歴が残るように彼女のパソコンを介して情報を抜き取るだろう。

「助かった。今聞いた方法をいくつか調べてみる」

『役に立てたのならよかった。それより情報漏洩なんて穏やかじゃないな。大丈夫なのか?』

「あぁ。なんとかする。このまま野放しにはしない」

新ブランドの情報が漏れたのはもちろん、その罪を凛になすりつけようとしたことが亮介の怒りを増幅させていた。

彼女がどれだけ真面目に真摯に仕事に取り組んでいるのか、一番間近で見てきたのだ。その努力に泥を塗るような行為を、決して許しはしない。

凛を陥れようとしていることから、犯人は彼女に対して個人的な恨みを持った人間である可能性が高い。

(彼女が恨みを買うような真似をするはずがない。だとすると、相手の一方的な逆恨みか……)

脳裏にひとりの男の顔が浮かんだ。

亮介は「礼はこの件が片づいたら改めてさせてもらう」と告げて電話を切ると、情報システム部へと急いだ。

部長に優秀な社員を貸してほしいと申し入れ、チーフ職についている井戸田《いとだ》という男性社員を連れて足早に重役フロアへと戻った。

「副社長？　なにを……」

「立花のパソコンを調べる」

「待ってください！　凛を疑ってるんですか？」

亮介が凛のパソコンを移動させようとすると、彼女と仲のいい恵梨香が険しい顔で詰め寄ってきた。

その奥には素知らぬ顔で仕事をする孝充が見える。

凛のパソコンを調べるのは彼女を疑っているわけではなく、その中に残る犯人の痕跡を調べるためだ。けれど今それを説明している時間はない。

亮介は不自然にならない程度に恵梨香に近づくと、彼女にしか聞こえない声量で「原口の様子をよく見ておいてくれ」と告げた。

驚きに固まった恵梨香だが、聡い彼女はすぐに亮介の意図を察してくれたのだろう。

視線だけでうなずくと自分のデスクに戻っていく。

そのやり取りの間、孝充の口もとに隠しきれない笑みが浮かんでいるのを、亮介は見逃さなかった。

そのまま井戸田とふたりで秘書室から凛のパソコンを副社長室へ移動させ、くれぐれも内密にと念押しして情報漏洩の疑いがあると話した。

井戸田に凛のパスワードをいったんリセットしてもらい、大和から聞いた手口を片っ端から調べていく。当然だが怪しげなメールや無関係なプロバイダーと契約しているような痕跡はない。

しばらくパソコンをいじっていた井戸田が驚いた声をあげた。

「あっ、副社長がおっしゃっていた通りでした！」

大和から聞いた通り、リモートデスクトップの共有設定がＯＮになっている。やはり誰かが、凛のパソコンに外部からアクセスするために設定を変更したのだろう。

凛のパソコンに触れられるのは秘書室の人間のみだ。それ以外の人間が秘書室に入ることは稀だし、そうでなくとも他人のパソコンに触っていれば目立つ。

（誰にも見つからずに凛のパソコンに触れる時間なんてあるか……？）

疑問を感じながらリモートデスクトップの設定をＯＦＦに切り替え、外部から凛のパソコンに接続したログを探ってもらう。

「ありました。えっと、二件ありますね。それぞれ別の端末で、両方とも履歴は今月です」

外部からの接続の証拠が見つかったため、少なくともこれで凛の疑いは晴れる。あとはこんな重大インシデントを引き起こした人物をあぶり出すだけだ。

（共犯者がいるのか、それとも……）

目星をつけている男の顔を思い浮かべながら、亮介は尋ねた。

「会社のパソコンかどうか検索できるか？」

「はい。情シスのパソコンでならＩＰアドレスの照会が可能です。すぐに行ってきましょうか？」

「……いや。それよりも、この二件の端末が顧客情報やほかの重要なサーバーにアクセスしていないかを確認してくれ」

「わかりました。確認次第ご連絡します。先ほどフリーメールアドレスから送られてきたいたずらメールについては、情シスからすぐに削除するよう全社員に通達を出しておきますか？」

「あぁ、頼む」

副社長室を出ていく井戸田を見送った亮介は、ふとデスクに置かれたままのスマホを見つめた。

（凛からの連絡はきていないか……）

なにも説明をせずに帰してしまったため、今頃心細い思いをしているに違いない。すぐにでも電話をして、初めから凛を疑っていないのだと伝えたい。

凛に想いを馳せると、同時に脳内に焼きついた例の画像が浮かんでくる。

見知らぬ男の腕の中にすっぽりと収まっている自分の妻を見るのは、喉の奥がよじれるような不快感がある。

凛は写真を見て自分だと認めたし、相手を美堂の社員だと言っていた。それに幼なじみだとも。きっとリュミエールのリップをくれたという男に違いない。

彼女は明言しなかったが、彼はやはり初恋相手なのではないだろうか。なぜ一緒にいたのか、十年近く会っていないのではなかったのか。それらを考え出すと、どす黒い感情に思考が占拠されてしまう。

（いや、こうしてあの画像のせいで苛立つのはきっと相手の思うつぼだ）

亮介は頭を振って雑念を追い出すと、凛のパソコンを持って立ち上がった。

「全員揃ってるな。これから言う手順通りに操作して、パソコン画面にＩＰアドレスを表示させてほしい」

定時である十八時直前、亮介は凛以外の秘書室に籍のある社員を全員集め、静かにそう言った。いつもは社長についている林田も亮介から連絡を受けてその場におり、今回の情報漏洩の事態に表情を険しくさせている。

亮介は新ブランドの情報漏洩について弁護士や情報システム部に相談し、すでにある程度手口を把握できていると淡々と告げた。

「アクセス権限を持つ立花のパソコンを介し、情報を取られたようだ。彼女のパソコンに外部から接続されたログが二件残っていた。遠隔操作ができるように立花のパソコンの設定をいじれるのは秘書室に勤務する者ではないかと思う。疑うようで申し訳ないが、潔白を証明するためにも協力してもらえるとありがたい」

亮介が頭を下げると室内はにわかにざわついたが、すぐに「わかりました」と反応したのが凛と仲のいい恵梨香だった。

すぐに指示に従ってパソコンに向き直ると、恵梨香につられるようにキーボードを打つ音が波のように広がっていく。

亮介は一人ひとりのパソコン画面に表示されたコンマで区切られた数字の羅列を確

認していくが、全員分を見終えても凛のパソコンに接続したアドレスはなかった。

「原口、君もだ」

たったひとり、真っ青な顔をした孝充のパソコンを除いて。

亮介は身動きを取らない孝充に代わって、彼のパソコンを操作しＩＰアドレスを表示する。探していた数字の羅列と間違いなく一致するのを確認して、大きくため息をついた。

「このパソコンのほかにもう一台あるはずだが……自宅か」

亮介の確信を持った言葉に、うつむいて固まっている孝充の唇がカタカタと震える。

「なんで……凛を疑っていたはずじゃ……」

罪を認めたも同然の言葉が孝充の口からこぼれ、周囲は驚きと失望の視線を向けた。

神経質で融通がきかないきらいがあるものの、その生真面目さと優秀さゆえに若くして秘書室チーフの椅子に座る男だが、ここ最近の振る舞いで同僚秘書たちからの信頼は地に落ちていた。

「立花は優秀な秘書だ。こんな裏切りをするはずがない。それから、お前に彼女をファーストネームで呼ぶ資格はない。不愉快だ」

亮介が苛立ちを隠さずに言い放つと、孝充の顔に朱が滲んだ。

「あ……あなたのせいで……」

「なんだ?」

「あなたが僕から凛を奪ったせいでこんな目にあったんだ……っ!」

普段は物静かそうに見える孝充が急に激昂し、髪をかきむしりながら叫ぶ。

「あなたが凛を奪わなければ、僕の人生設計は狂いはしなかった! 僕を差し置いて凛を第一秘書にしたのがそもそもの間違いの始まりだ! まだたった四年目の人間に副社長の第一秘書を任せるなんて……そのせいで凛は余計に仕事に没頭し、あなただけを見つめていて、昼休みに頻繁に芹那とふたりきりになったってヤキモチを妬くそぶりも見せなかった。僕をまったく頼ってくれなくなった!」

「だからなんだ。立花は必死に仕事をしているだけだ」

凛という恋人がいながら後輩と浮気をしたのは孝充だ。彼女を傷つけ、排除しようとする芹那を放置していた。男としても上司としても最低な振る舞いだ。

実際、彼と別れるまで亮介と凛はプライベートな話はいっさいしていなかった。孝充は事実を受け入れられず、責任転嫁しているだけにすぎない。

「こ、今回のことだって、僕は芹那と結婚する気なんてなかったんだ! それなのに妊娠したから責任を取れと父親にまで引き合わされて、断れば専務の顔がつぶれるな

んて脅されて、僕には芹那のわがままを受け入れる以外に道はなかった。結局嘘だと

わかって、ようやく破談にできて、やっと凛と話し合えると思ったのに、たった一度の失敗で、彼女は僕の

話に耳を貸してくれなかった。一年も付き合っていたのに、たった一度の失敗で！

凛を先に帰して正解だった。こんな最低なセリフを彼女に聞かせたくはない。

"お前が言う　"たった一度の失敗"　で、凛がどれほど傷ついたのか考えたことはある

のか」

「うるさい！　あなたが出しゃばってこなければ、凛は僕のところに帰ってきたはず

なんだ！　急に決まった結婚だって、きっと僕があんな女と結婚すると聞いた腹いせ

に違いないんだ！　だから話し合おうと言ったんだ。さっきも電話してやったのに、

まだ僕の話を聞く気になっていないなんて！」

「……電話？」

亮介が眉根を寄せると、恵梨香が声を潜めて「申し訳ありません」と頭を下げた。

「副社長に言われた通りチーフを見張っていたのですが、彼が一度だけトイレに席を

立ったんです。もしかしたら、その時に凛に電話でなにか……」

「原口、凛になにを言った」

「予定通り僕と結婚して、こんな職場は辞めて一緒に転職しようと提案するはずだっ

たのに……！　聞く耳を持たないから、だから僕は……っ」

「もういい」

絶叫するように話し続ける孝充の言葉を遮り、亮介のすぐうしろで控えていた林田を振り返る。

「落ち着くまで警備室へお願いします」

「承知しました。申し訳ございません。私の監督不行き届きです」

長年秘書室長を務める林田は、いまだ精力的に活動している社長に仕え、仕事だけでなくプライベートもすべて管理しているため、秘書室ではなく社長の執務室にデスクを置いている。

目が届かなかったと頭を下げる彼に、亮介は首を振った。

「彼の処遇は追って連絡します。申し訳ないですが、今日はこれで」

「はい。社長には私から報告しておきます。ぜひ立花さんのところへ行ってあげてください」

林田の言葉にうなずき、協力してくれた秘書たちに丁寧に礼を告げると、亮介は凛の待つ自宅へと急いだ。

## 8.「ずっと君が好きだった」

凛を乗せた海堂家の車が止まったのは、自宅ではなく亮介のマンションだった。

運転手の真鍋いわく、亮介からここに送るように指示されているという。何度か来ているためコンシェルジュが凛の顔を覚えていて、こちらにも連絡がいっていたらしく亮介が預けていた鍵を渡してくれた。

中に入ったものの主が不在の部屋にいるのは落ち着かず、凛はソファに座って足もとに荷物を置くと、膝を抱えて小さくなる。

（明日から、どうしたらいいんだろう……）

初めは秘書という業務に不慣れだった凛だが、今では黒子のように上司を支える仕事を天職だと感じている。秘書の職を奪われるのは耐えがたい上に、なにより新ブランド開発チームが一丸となって作り上げてきた最高のコスメブランドの発売に支障が出たらと思うと、気が気ではない。

ここまできて発売中止になるとは考えにくいが、あれだけ類似商品をぶつけられては、発表が後手に回るリュミエールの方が盗用を疑われてしまう恐れがある。

(今頃きっとみんな情報を集めて対策を練っているはずなのに、私はなにもできない……)

自分のふがいなさに泣きそうになっていると、静かな部屋に着信音が鳴り響く。

亮介かと思い、期待して画面を確認すると、そこに表示されたのは〝原口孝充〟の文字だった。

(どうして……)

あれだけ秘書室で凛を糾弾しておいて、さらに電話をかけてくる彼の意図がわからない。

とても出る気になれず放置していると、留守番電話に切り替わった。なにか伝えたい話があったようで、メッセージが残されている。

聞くか悩んだが、もしかしたら業務上の確認かもしれない。凛はメッセージを再生した。

『もう家に着いた頃だろう、どうして電話に出ないんだ。まぁいい、さっき君のパソコンを副社長と情報システム部の人間が持っていったよ。副社長が君を疑っていると、荒井さんはかなり怒っていた。いっそ僕と一緒にこの会社を辞めて転職しないか。今ならすべて水に流すよ。僕は君の――』

凛は耳からスマホを離し、すぐさま通話終了のボタンをタップした。

気分が悪くなり、それ以上聞いていられなかった。

浮気をして裏切っておきながら一緒に転職しようと誘ってくるものありえないが、『今ならすべて水に流す』と、まるでこちらが悪いかのように言う孝充の神経が信じられず、恐怖心すら抱く。

しかしなによりも凛の心をえぐったのは、亮介が凛を疑っているという話だ。

たった半年ではあるけれど、亮介の秘書として必死に尽くしてきたつもりだ。それなりに信頼を得ていると思っていたのに、他社に情報を流すような人間だと思われているのだろうか。

秘書室から去る直前の亮介の態度を思い出す。

彼は凛に淡々と帰宅するよう告げたかと思うと、眉間に深くしわを寄せていた。

一番近しい秘書であり、妻でもある凛を無条件にかばうわけにはいかないという彼の葛藤だと、心のどこかで信じていた。

本当はみんなの前でかばってほしかった。でもそれは彼の立場では難しい。

そう考えて自分を納得させようとしていたのに、まさか亮介までもが自分を疑っているなど、考えてもみなかった。

(契約結婚じゃなく、本当の奥さんが相手だったら、無条件に信じましたか……?)

心の中で亮介に問いかけ、同時に絶望した。

もしも亮介に情報漏洩の疑いがかかったとして、状況証拠がどれだけ揃っていようと、凛は最後まで彼を信じるだろう。

彼の仕事ぶりを間近で見ているというのに加え、彼を信頼し、愛しているから。

でも彼はそうではない。

それは凛が秘書として未熟なせいかもしれないし、しょせんは契約結婚でしか結ばれていない関係だからなのかもしれない。

凛の脳裏に〝離婚〟の文字が浮かぶ。

彼が自分をここに連れてきたのは、離婚を言い渡すつもりだったとしたら。

考えだすと胸が張り裂けそうに痛くて、涙が止まらない。ソファで膝を抱えたまま、ひたすらに泣いた。

しんと静まり返る部屋に、自分のすすり泣きが響く。

そのうち涙も枯れ、ただぼうっとしたまま時間が過ぎていく。

食事も水分も取らず悶々と何時間も考え込んでいると、玄関からカチャリと解錠音が聞こえた。

ビクッと体を震わせ、廊下につながる扉をじっと見つめていると、珍しく乱雑な足音を立てながら亮介がリビングに入ってきた。

「りょう……」

出迎えようと立ち上がった凛だったが、彼の顔を見た瞬間、いろんな感情があふれ、ぽろりと大粒の涙がこぼれ落ちた。

名前を呼ぼうとしたが、喉に張りついて声にならない。目の奥がツンと痛み、視界がじわりと滲んでいく。

(やだ、亮介さんの前で泣くつもりなんてなかったのに……)

車の中でも、ここに着いてからも、かなり長い時間泣いたのだ。もう涙は出しきったつもりだったのに。

慌てて涙を拭おうとする前に、大股で近づいてきた亮介に抱きすくめられた。

「凛……っ」

肩や背中に痛みを感じるほど強く腕を回されたのは初めてで、息が詰まるほど苦しい。けれど、離してほしいとは思わなかった。

「信じてください。本当に私じゃありません……っ」

凛は悲鳴にも似た、か細い泣き声で主張した。

秘書はいかなる時でも冷静沈着でなくてはならない。そう自分を律しているからこそ、あの場ではすべてをのみ込んだ。

けれど本当は大声で叫びたかった。

私じゃない。誰かが自分を陥れようとしているのが怖くて仕方がない。ここに残って新ブランドの成功のために一緒にがんばりたい。

言葉にならなかった思いが今、涙となってポロポロとこぼれ落ちる。

「すまない。君が感情を抑えて振る舞うのがうまいのを知っていたのに、それに甘えてあんなふうにしか言えなくて……本当に悪かった」

「亮介さん……」

後悔が滲む声音で何度も謝られ、そのたびに抱きしめる腕の力が強くなる。その温かさに安堵しながら凛も亮介の背中に腕を回し、すがりつくように抱きしめ返した。

誰に疑われてもいい。だけど亮介にだけは信じてほしい。

亮介を想っているからだけではない。リュミエールは子どもの頃からの憧れのブランドであり、コスメを生み出す仕事に携わっていることに誇りを持って働いている。

彼の妻である以前に、凛はリュミエール副社長付きの秘書なのだ。

これまで必死に作り上げてきた新ブランドのお披露目を目前に、他社へ情報を流すなんて裏切りは絶対にしない。

そう言い募る凛に、亮介は神妙な顔つきでうなずいた。

「わかってる。言葉足らずで悪かった。俺は初めから凛を疑ってはいない」

「え？」

腕の力が緩められ、両手を肩に添えたまま亮介がこちらを見つめている。凛は抱擁が解かれたのを寂しく感じたが、話の続きをじっと待った。

「あの場で証拠もないのに凛をかばう発言をすれば、もっと君の立場が悪く見えると思った。凛にだけは少しも疑っていないと連絡すべきだったのに、早く疑いを晴らしたいと犯人探しに躍起になってしまった」

「じゃあ……」

「君を信じている。そうでなければ、秘書としてそばに置いたりしない」

「でも、亮介さんが私を疑っていると……」

「原口から電話があった？」

まるでそばで見ていたかのような断定的な口調に驚くが、その通りなのでうなずいてみせる。

「留守電に入ってたんです。副社長が私を疑っていて、パソコンを調べるために持っていったと。それを見た恵梨香さんが怒ってたって……」

自分で口にしながら、その光景が容易に想像できる。だからこそ孝充の言葉を信じてしまったのだ。

うかがうように亮介を見上げると、彼は首を横に振った。

「たしかに調べたが、それは凛を疑っていたわけではなく、犯人を特定するためだ」

凛が犯人ではないと信じていたのなら、真犯人は別にいることになる。それも、かなり近い位置にいる可能性が高い。

話の続きを待つ凛に、衝撃的な事実が告げられた。

「情報を美堂へリークしたのは、原口だった」

亮介が吐き捨てた思いもよらない犯人の名に、凛は絶句して目を見開いた。

メールを見た瞬間も、デスクからUSBを見つけた時も、孝充はあんなにも凛を非難していたのに、実は情報漏洩していた張本人だったとは。

「そんな、どうやって……」

「君のパソコンに細工をして、自分のパソコンから遠隔操作でサーバーのフォルダにアクセスできるようにしていた。原口がいつ君のパソコンにそんな細工ができたのかは本人に聞くしかないが……」

「あっ！　たぶんお昼休みです。秘書室を無人にするわけにはいかないので、チーフは一時間お昼休みをずらすんです。基本、グループ秘書の誰かが一緒にいますが、最近はずっと近藤さんと一緒でしたし、別の人でもその人がお手洗いとかで席をはずした時になら……」

「なるほど。そのあたりも含めて明日以降、彼から話を聞く」

凛はうなずいたものの、まさか真面目な孝充が他社に情報を流すなど思いもしていなかったため、いまだに驚きでいっぱいだった。

「チーフが、どうして……」

「君を裏切ってまで近藤と結婚報告をしたのにあんな事態になって、いづらくなって他社へ転職しようと考えていたようだ。大方、逆恨みで俺と結婚した凛に罪をかぶせ、こちらの情報を持って美堂へ好待遇で迎えてもらおうと画策したってところか」

あまりにも身勝手な話にあぜんとする。浮気したのは孝充の方だし、芹那との結婚が破綻したのは彼女が妊娠を偽っていたからであって凛には関係ない。

亮介と結婚して幸せそうにしているのを許せなかったのだとしたら、それは自業自得で、亮介の言う通り完全な逆恨みだ。

（でも……一年近く付き合っていながら、好意を持たれていると実感したことがないって言ってた……)

交際当時は少しずつ孝充を好きになろうと努力していたつもりだったが、彼のためにかわいくなろうと意識したり、ふたりで会う時間をつくろうと必死になったり、頼って甘えてみたいと思ったりすることもなかった。

亮介と一緒の時間を過ごす中で、初めて人を心から好きだと実感できたのだ。

孝充に請われて交際を了承したにもかかわらず、ちゃんと好きになれないままに付き合っていたのだけは、凛にも非があるのかもしれない。

複雑な気持ちが湧いてくるのを、うつむき唇を噛みしめながら耐えていると。

「情報を誰に渡したか、ほかに共謀している者がいないかを徹底的に調べる。証拠があるのだから言い逃れはできないだろう。だが、今日は凛が心配で原口は林田さんに任せてきた」

亮介の大きく温かい手がそっと凛の頬に触れる。涙の跡を拭うようにすべらされ、くすぐったさに小さく首をすくめたが、肝心な話を聞かなくてはと居住まいを正す。

「それで、新ブランドはどうなるんですか?」

「どうもしない。コンセプトやパッケージを似せてぶつけてくるようだが、そもそもあちらは既存ブランドで、リニューアルするとはいえ方向性もコスメの質もうちとはまるで違う。多少の批判は覚悟の上で真っ向勝負する」

その表情からは自信がみなぎっていて、微塵も不安は感じられない。

きっと勝算はあるのだろう。多少発表が後出しになったところで、リュミエールのコスメが他社に負けるはずがないと。

凛はホッとして胸を押さえたが、ふと疑問がよぎる。

「よかったです。でも私を疑っていなかったのなら、どうして先に帰れだなんて……」

「写真付きのメールもデスクの引き出しにあったUSBも、あきらかに凛を貶めようという意図が見える。君に危険が及ぶ前に安全なところへ連れ出したかった……というのも本音だが、実際は君が近くにいるとあの写真がちらついて集中できそうになかった。仕事しか興味のない堅物副社長が聞いてあきれるな」

亮介が自嘲気味に笑った。

「え？　あの写真って……」

「十年疎遠じゃなかったのか」

亮介が目を細め、心なしか不機嫌そうな顔で尋ねてくる。

その表情から、メールに添付されていた写真に写っていた男性が、以前話したリップをプレゼントしてくれた相手だと確信を持っているのだと気がついた。

「どうして……」

「君が言ったんだろう。あの写真に写っているのはたしかに美堂の社員で、自分の幼なじみだと」

　孝充に糾弾された際、そう口にしたような気がする。

「……初恋の相手なんだろう？」

「初恋？」

　亮介の苦虫を噛みつぶしたような表情を見て、凛はひとつの結論に至った。

（もしかして、メールの〝ただならぬ仲〟っていうのを疑われてる……？）

　たしかになにも知らない人間があの写真だけを見れば、単なる幼なじみ以上の関係に思われるかもしれない。

「あの、違いますから！　あ、いえ、写真に写っているのは修ちゃんで間違いないいんですが、本当に偶然会ったんです」

　凛は彼と会った経緯や、同僚との結婚報告のために実家に来ていたこと、ふたりでお茶をしたが三十分ほどで解散したことを説明した。

「それに、どうして初恋って……」

「男がコスメを贈るなんて、好意のある相手にしかしないだろう」

「違いますよ！　修ちゃんとはそういうのじゃないです。たしかに憧れのお兄ちゃんではありましたが、私とは五歳も離れてるんですから」

「俺も君と五つ違いだが」

「今はともかく、子どもにとって五歳の差は大きいです。私が中学生の頃、修ちゃんは大学生でしたし、リップも彼女と選んでくれたみたいです。その当時の彼女と結婚するんだって、幸せそうに話してくれました」

初恋だなんて、そんなにしっかりとした想いではなかった。

同級生の男の子よりも大人で優しく、たまに会うと緊張してドキドキしていたけれど、それが恋だったかと言われると、きっと違う。

「抱き合っているように見える写真は、私がつまずいて転びそうになったところを支えてくれた瞬間を切り取られたものだと思います」

「そう、だったのか」

「私は……浮気なんて絶対しません」

孝充に裏切られて負った傷は亮介によって癒えてはいるが、痛みを忘れたわけではない。

たとえ恋愛から始まった関係でなくても、亮介と凛が同じ温度で想い合っていないとしても、ほかの男性とどうにかなるなんてありえない。

その裏切りでどれほど傷つくのか、身をもって知っているのだから。

きっぱり言い放つと、亮介はハッとした表情でこちらを見つめている。

「亮介さん、言ってくれましたよね？　もっと周りに頼ったり甘えたりする術を覚えろって」

唐突に切り出した凛の言葉を不思議に思いながらも、亮介はうなずいた。

「だったら、お願いです……もう一度、抱きしめてください」

「凛」

「私を、疑わないで……疑っていないと、信じさせてください……っ」

抱きしめて、甘やかして、安心させてほしい。

そんな思いを込め、嗚咽をこらえて小さくつぶやくと、亮介は強く囲い込むように抱きしめてくれた。

「すまない、言葉の足りない俺が悪かった。情報漏洩の件はもちろん、浮気を疑ったわけでもない」

「怖かった……もう秘書室から異動しなくちゃいけないのかとか、亮介さんといられなくなるんじゃないかって思って……。ここに連れてこられたのは、離婚を言い渡されるんじゃないかって考えたら——」

「そんなわけないだろう！」

亮介らしくない荒い口調に、凛が彼の腕の中で身を竦ませる。

「大声を出して悪い。だが、そんなことはありえない。俺はなにがあっても君を手離す気はない。それに凛がどれだけ俺や会社のために働いてくれているのか、俺が一番よく知っている」

「だって、帰り際、笑ってもくれなかった……。なにかひと言言ってほしかったし、電話も欲しかった。あんな写真に、惑わされないでください……」

「そうだな。俺が悪かった」

これまでこらえてきたものが決壊したように泣く凛を、亮介は慰め、甘やかす。髪を梳きながら謝り、背中をなで、トントンと労るように叩いてくれる。それが心地よく、凛はうっとりと目を閉じた。

(こんなふうに他人に自分の感情をさらけ出すなんて、生まれて初めてかも……)

幼い弟妹の面倒を見なくてはならなかった凛は、母を困らせまいと無意識にいい子であろうとしてきた。

それを苦痛に思ったことはないけれど、こうして甘えるという心地よさを知ってしまった今、これまで以上に自分を律していかないとダメになりそうな怖さを感じる。

亮介は優しい。その優しさに寄りかかって、むやみに甘えないようにしなくては。

(でも今だけは、このままでいたい)

凛はすがりつくように亮介の胸もとに頬を擦り寄せる。

すると、頭の上で亮介の喉がグッと鳴った。

「そうやって甘えるのは、俺だけにしてくれ」

「……亮介さんにだって、こんなみっともない姿を見られたくなかったです」

すんと鼻をすすりながら、凛は口を尖らせる。

「みっともなくなんてない。泣かせてしまったのを申し訳なく思うのに、素直に感情を表してくれるのがうれしくて、甘えてくれる凛がかわいくて、愛しくて、どうにかなりそうだ」

「そんな、だって……めんどくさくないですか?」

「ありえない。俺は君に関しては独占欲の塊らしい。その姿を俺以外に見せるなんて許せないし、ほかの男が君に触れている写真を見ただけで、体中の血が沸騰しそうだった」

独占欲。そう亮介は言った。

たしかに結婚しているのだから、凛は間違いなく彼のものだ。

けれど彼の物言いは世間体の悪さから不貞に嫌悪を示しているものではなく、誰にも凛に触れさせたくないという嫉妬心からくる焦燥のような響きを感じる。

凛は思わず顔を上げ、その真意を確かめようとじっと見つめた。

その視線に耐えられなかったのか、亮介はそっぽを向いたままぼそりとつぶやいた。

「この年で初めて恋を知った男は厄介だな」

「……え？」

「それでも、もう手離してやれない」

亮介は口の端を上げて小さく苦笑すると、ふたりの間のほんの少しの隙間も許せないというように腕の力を強める。

再び彼の胸に顔をうずめた凛だが、聞き逃がせない彼の本音をもう一度確かめたくて、その体勢のまま彼の言葉を繰り返した。

「初めて、恋を知った……？」

誰に？と聞くほど、凛は鈍感ではないつもりだ。けれど、信じられない。亮介も凛と同じように想ってくれているということだろうか。

期待に胸が高鳴り、心臓が肌を突き破って出てきそうなほど暴れて脈打っている。

「一種の契約結婚などと言っておきながら、俺は初めから君に惹かれていた。専属秘書になった時から、ずっと」

初めて耳にする亮介の想いを、凛は浅い呼吸を繰り返しながら聞き続けた。

「君に恋人がいると知っていたから、秘書としてそばにいてくれればそれで満足だった。だがあんなところを見て、黙ってはいられなかった。傷ついている君に気持ちを打ち明けて迫るよりは、メリットがあるとビジネスライクに提案した方が確実に囲い込めると思った」

「亮介さんが、私を……好き？」

「なにを驚くことがある？　言ったはずだ、生涯君を妻として大切にし、愛していきたいと」

「そ、それはいずれは、という意味で、大切にするよう努力してくださっているんだと……」

片眉を上げて疑問を投げかける亮介に、凛はドキマギしながら言い訳する。

まさか専属秘書になった頃から想われていたなんて、想像もしなかった。

「そうか。やはり俺は言葉が足りないらしい」

亮介はそう言うと、唇が触れそうなほど近くで見つめてくる。

「凛を愛している。いずれではなく、今も、これからも、ずっと」

愚直なほど真っすぐな告白は心の奥まで温かくさせ、喜びが凛の全身を駆け巡った。

伝えなくては。とっさにそう思った時には、もう唇が動いていた。

「亮介さんが好きです」

ずっと言葉にできなかった想いを声にのせる。

「結婚を提案された時は、正直とても戸惑いました。でも……仕事へのひたむきな姿勢も、甘えてもいいのだと包み込んでくださる優しさも、時折見せる独占欲も、今は亮介さんの全部が好きです」

「凛」

夢見心地で一気に気持ちを伝えると、驚きに目を見張っていた亮介がたまらずといった表情で眼前に迫り、唇を奪われた。

「ん……っ」

これまでのように凛を気遣い、優しくとろかすようなキスではない。亮介の滾る想いをぶつけるかのような荒々しく野性味のある口づけに、凛は翻弄されるままに身を任せる。

そのまま凛を横抱きにした亮介は、真っすぐにベッドルームへ向かった。

そっと横たえられた体を跨ぐように乗り上げた彼が、わずらわしそうにスーツのジャケットを脱ぎ、ネクタイのノットに指を引っかけて緩める。

その一連の仕草に男の色気を感じ、まだなにもされていないのにもかかわらず、体がきゅんと疼いた。

きっちり留めていたシャツの第二ボタンほどまでくつろげた亮介が覆いかぶさり、再び口づけられると、じわりと全身が熱を帯びていく。

何度も何度もキスを交わし、その唇が頬から首筋、鎖骨に移っても、亮介は無言のままだ。けれど凛を見る熱のこもった眼差しは、彼の想いや切実な欲を饒舌に語っている。

器用に凛の服を取り去り、大きな手とやわらかい唇、熱い舌で、頭のてっぺんからつま先まで丹念に愛撫を施された。

「あ、っふ、んん……っ」

長い時間をかけてとろかされ、体のどこにも力が入らないまま、彼に与えられる快感に甘い声をあげる。

このまま溶けてなくなってしまうのではと思うほど丁寧にほぐされ、ようやくひとつになるため亮介が脚の間に腰を沈めてきた。

「あぁ……っん！」

すでに声はかすれ、苦しいほどに息があがっている。

それでも亮介に触れたくて必死に腕を伸ばすと、彼はうれしそうに凛の手を取って自身の首に回させた。

「凛、かわいい」

「亮介さん……」

「ようやく……君は本当に俺の妻になってくれるんだな」

メリットがあるからではない。好きだから、彼の妻になる。

その想いを伝えるように、ぎゅっとしがみついて耳もとでささやいた。

「はい。あなたが好きだから」

言葉にするとてもシンプルで、なぜこのひと言が言えなかったのだろうと不思議にすら思う。

結婚の提案を受け入れた時にはもう彼が好きだったのに、想いが一方通行で、自分ばかりが好きなのが不安で、いつか彼に愛してもらえたらと受け身の姿勢でしかなかった。

ただ甘えて待っているだけではなく、自分から気持ちを伝えなくてはならなかったのに。

「好きです、すき……っ」

「あぁ、君は本当に……っ」

告白を聞いた亮介はグッと眉間にしわを寄せ、凛の太ももを抱えてさらに奥まで欲望を埋め込んだ。

「ぅあ……！　ダメ……っ」

息が止まるほど大きな楔《くさび》で最奥を突かれ、思わず逃げを打つ。

けれど亮介はそれを許さず、腰を固定したまま、何度も思いの丈をぶつけるように穿《うが》ち続けた。

「君が俺を煽ったんだ。もうやめてやれない」

「待っ……あぁっ！」

悲鳴にも似た声をあげる凛だが、容赦なく激情を注ぎ込まれ、同じくらいに愛をささやかれ、何度も快楽の果てまで弾き飛ばされる。

「凛、好きだ。ずっと君が好きだった」

意識が白む中、何度目かもわからない彼の愛の言葉に、声にならない吐息で「私もです」と応えた。

# 9．仕切り直しのプロポーズ

慌ただしく年が明け、凪さえも凍りつきそうな二月上旬。

一流高級ホテル『アナスタシア』の大広間では、リュミエールの創立記念パーティーが盛大に執り行われている。

社外向けのレセプションとは違い社員を招いた内輪のパーティーということもあり、ドレスコードは緩く設定しているが、それでも大きなシャンデリアが吊るされ、生花があちらこちらに飾られた会場は華やかだ。

立食形式をとっており、中央のテーブルには色鮮やかな料理が並べられ、多数配置された丸テーブルでは食事をしながら部署の垣根を越えて交流を図っている様子がうかがえた。

誰もがにこやかにグラスを片手に談笑している中、ひと際人垣のできている一角がある。

そこで彼女らが食い入るように見つめているのは、亮介主導の新ブランド『オハイアリイ』のコスメの数々。

つい一時間ほど前にこの場で発表されたオハイアリイの全コスメが、鮮やかなオレンジ色をモチーフとしたブースに展示され、広告ポスターやCM動画も同時にお披露目されている。

さらに数名の美容部員が配置されたタッチアップブースも設けてあり、実際に手に取ったり試したりすることができるため、多くの女性社員たちが詰めかけていた。

オハイアリイとはハワイに多く咲く花の名前で、花言葉は『自分らしく生きる』『輝く個性』。ブランドのコンセプトのもととなっていて、パッケージにはオハイアリイの花が刻印されている。

手に取るどんな人にも似合い、個性を引き出せるようなコスメを目指し、女性の『こうなりたい』を実現させる魔法のアイテムがようやく完成した。

百貨店に出店しつつ、コスメショップやバラエティショップ、一部の大手ドラッグストアでも展開するなど、デパコスとプチプラコスメの間を突いた価格設定になっている。

この価格帯は現在韓国コスメが市場を席巻しているが、国内企業シェア一位のリュミエールが参入した形となる。

肌質に合わせた使用感を選べるベースメイクアイテムはもちろん、アイシャドウやリップなどはこれまでリュミエールが手掛けてきたベーシックで洗練された色使い以外にも、奇抜で個性的な配色が織り交ぜられ、それでいて日常から浮かないような絶妙なラインナップだ。

『なりたい自分を我慢しない』というコンセプトのもと、明確になりたいイメージに近づけるカラーを打ち出し、他ブランドにはない斬新なバリエーションが売りのオハイアリイ。

お披露目直後の社員の反応を見るに、きっと世間にも受け入れられるに違いないと、凛は新ブランドの成功を確信して微笑んだ。

「はー、おなかいっぱい。おいしすぎて食べすぎた！」

「やばいよね。しばらくお菓子控えないと絶対太るー」

「こら。楽しんでくれたのはいいけど、ちょっと声が大きいよ」

そう小声で注意する凛は、総レース生地の薄いオレンジ色のドレスを身にまとっている。オレンジはオハイアリイの花の色でありブランドのイメージカラーだからと、亮介が今日のために選んで贈ってくれたドレスだ。

本来なら今日も秘書として裏方に徹し忙しく走り回る予定だったが、亮介からゲストのエスコート役を任されたため、スーツではなくドレスアップして臨んでいる。

そのゲストこそ、食べすぎたと満足げに笑い合っている凛の双子の妹、寧々と美々。亮介はふたりのインフルエンサーとしての発信力を買い、正式にPR契約を持ちかけたのだ。

クリエと似たコンセプトになり、盗用だと叩かれる懸念もある中、とにかく商品の品質のよさを伝えていくために、まず手に取ってもらえるよう広告に力を入れる方針を固めた。それには若い世代の情報発信力を使おうというのが亮介の案だ。

広報部との打ち合わせで、依頼するインフルエンサーの候補に双子の名前が上がってきた時には凛はひっくり返るほど驚いたが、亮介は即決で双子を選んだ。

オハイアリイのコスメで瓜ふたつの双子にそれぞれ好きなメイクをしてもらい、どれだけ差が出るかを実証できれば、個性的で自分らしくなるメイクというコンセプトをあますところなくPRできると考えたのだ。

亮介は双子に真摯にブランドのよさを説明し、サンプルを渡して、実際にいいと思ったら契約してほしいと伝えた。

『お姉さんが勤めている会社だとか、結婚相手だとか、そういった事情はいっさい抜きで考えてもらってかまわない。断ったからといって決して不利益はないと約束する。学生である君たちの世代に向けて、かわいいと思ってもらえるか、この値段を出して買う価値があるのか、試してみてほしい。実際に買って使いたいと思ってもらえたら、ぜひプロモーションをお願いしたい』

まだ高校生なので金銭の絡むやり取りを懸念していた凛だが、相手が亮介ならばおかしな事態にはならないと確信し、本人たちに任せることにした。

実際よく間違えられるほど瓜ふたつの寧々と美々だが、好みは多少違う。それぞれが選んだ同じ商品の違うカラーでメイクすると、おもしろいほど印象が変わった。

双子はオハイアリイのコスメを絶賛し、契約が成立。このパーティーにも招待され、会場の様子を撮るため自分たちでカメラを回している。今日撮った映像は編集し、リュミエールの広報で確認して、問題なければプレスリリース直後に配信する予定らしい。

本来なら社外の人間は来週行われる記念レセプションへ招待するのだが、取引先や著名人などが多く形式張っているため、学生の寧々と美々は今日のパーティーへ招くこととなった。

「展示ブース、すごい人だね」

寧々の言葉でブースに視線を走らせると、その人だかりの中央には亮介がいた。無表情に見えるが、社員の新ブランドへの関心の高さに満足そうにしているのが凛にはわかる。

「うん、先に撮影させてもらって正解だったー……って、凛ちゃん、めっちゃニヤけてる」

「ほんとだ」

「ニヤけてないよ」

「嘘、もうすぐ海堂さんの挨拶なんでしょ？　もっと前の方に行っておく？」

「いいね！　一番前で旦那さん見ればいいじゃん。そのドレスも海堂さんが選んだんでしょ？　やっぱ凛ちゃんをよくわかってるよねー」

「もう！　からかわないの。静かにしてなさい」

慣れないパーティーにも物怖じせずキャッキャとはしゃぐ双子を窘める凛だが、ふたりの言う通り頬が緩んでいる自覚はある。

新ブランドのお披露目が無事に終わり、創立記念パーティーも盛況で幕を閉じようとしている今、達成感と高揚感に満ちあふれ、秘書の仮面をかぶれずにいた。

思えば昨年の六月に突然副社長専属秘書へ抜擢されて以来、いろんなことが立て続けに起こった。

恋人の裏切り、亮介からの求婚、浮気相手からの嫌がらせ、新ブランドの情報流出、かなスパイ疑惑……。

（結局近藤さんだけじゃなくてチーフも辞めちゃったし、そのうち人員補充があるのかな）

芹那は父親から専務を通じて正式に退職届が出され、孝充は懲戒解雇処分となった。出社しなくなった後も芹那は結婚が破談になったのは凛のせいだと喚いていたらしいが、専務から事の次第を聞いた芹那の父親はあきれ返り、彼女を母親の実家に送り、都会のきらびやかな生活から切り離した場所で見合いさせると息巻いているそうだ。

芹那と孝充の仲人を務めるはずだった専務は、先輩の頼みを断りきれず芹那の人柄を知らないまま入社させたことを社長と亮介に詫び、美堂との情報漏洩の件についての窓口を買って出てくれた。

転職活動を通じて美堂の企画部長とつながりのあった孝充は、美堂での出世ルート確約を条件に情報を流していた。

孝充から聞き出した専務は時系列など詳細に記した書面を美堂に通達し、情報を受け取っていた美堂の企画部長もまた同じく解雇された。

一連の騒動を聞いて連絡をくれた修平いわく、企画部長は美堂の社長夫人の弟であり、とにかく横柄でパワハラやセクハラ発言が多かったため、企画部の社員は彼の解雇にホッとしているそうだ。

さまざまなトラブルを乗り越え、こうして新ブランドを発表できた今、ポーカーフェイスでいるのは凛にとって至難の業だった。

「すごいね。凛ちゃんはこういう環境で働いてるんだ」

「普段からこんなに華やかなわけじゃないよ。今日は特別」

「でもよかったね。最近ずっと忙しかったのは、このためだったんでしょ？　大成功じゃん」

「ありがとう。宣伝はふたりにも力を貸してもらうから。よろしくね」

「任せて！」

声を揃えてうれしそうに笑う双子に、凛も同じように笑みを返した。


「さて皆様、宴もたけなわではございますが、この後にご予定のある方もいらっしゃるかと思いますので、ここで中締めの挨拶を海堂副社長よりいただこうと思います」

今日の進行を務めている恵梨香の声に壇上へ視線を向けると、光沢のあるグレーのスリーピースのスーツにオレンジ色のタイとチーフを合わせた装いの亮介が、いつも通りのポーカーフェイスで登壇するところだった。

その堂々たるオーラは普段一番近くで仕える凛ですら圧倒され、瞬きも忘れて見入ってしまう。人の上に立つ者の風格というものが亮介にはあった。

「皆様、本日はご多忙の中、こうしてお集まりいただきありがとうございました。本日の当社五十周年の祝賀会は、日頃の皆様のお力添えに感謝する場として、また他部署との交流を深める場として開催いたしました。お楽しみいただけましたでしょうか」

低く芯のある声が会場に響き渡り、その場にいる人を魅了する。

亮介は新ブランドについても言及し、さまざまな苦難を乗り越えてようやく発表できた喜びや、これからオハイアリイをリュミエールの看板ブランドへ成長させるという意気込みを語った。

（本当に、無事にここまでこられてよかった……）

凛がこれまでの道のりを振り返りながら亮介の挨拶に聞き入っていると、ふと壇上の彼と目が合った。

キリッとした表情で淡々と話していた彼の目が細められ、表情がグッとやわらかくなる。

ガラリと雰囲気を変えた亮介に、鼓動が跳ね上がった。

それは凛だけでなく会場にいた多くの女性社員も同じだったようで、あちこちからハッと息をのむ音や小さな黄色い悲鳴があがったのが聞こえる。

「最後に私事ではございますが、この場を借りまして結婚いたしましたことを皆様にご報告させていただきます」

ざわ、と会場がどよめく。

これまで亮介の結婚の噂は社内中に広がっていたものの、本人が認める発言をすることもなければ、相手が誰なのかは憶測すら出てこなかった。

堅物と呼ばれる副社長が普段の冷淡なポーカーフェイスを崩し、表情を和らげて語る結婚相手とはどんな女性なのか。人々の関心は極限まで高まり、会場内は静かな興奮に包まれている。

しかし凛の内心もまた、会場内とは違った意味で緊張が高まっていた。

（ここで結婚発表するなんて聞いてない……！）

驚きに亮介を見つめ続けるしかできない凛に、亮介はマイク越しに呼びかける。

「おいで」

これまでスピーチをしていた時とはまったく違う、凛にだけ向けられた甘い声音。

会場がさらに大きなざわめきに包まれたのも、隣の双子が叫びたいのを我慢しながら互いをバシバシ叩き合っているのすら気づかず、凛は固まって目を見張る。

石のように動かない凛を同じ秘書室の同僚が促し、信じられない面持ちのまま壇上に上げられた。

「彼女は立花凛さん。知っている方もいるかもしれませんが、総務部秘書室に在籍し、半年前から私の専属秘書を務めてくれています。秘書として、そしてこれからは妻として、今後の人生をずっとそばで歩んでいきたい女性です。今日は皆様に証人になっていただきたく、この場をお借りしました」

亮介はマイクの前から移動し、固まったままの凛に向き合うと、ポケットから濃紺の小さな箱を取り出した。

ゆっくりと開かれた箱の中には、契約結婚を承諾してすぐに買いに行った婚約指輪が鎮座している。

「副社長室でのプロポーズは、衝動的に口にしてしまったせいで指輪の用意もなかったからな。仕切り直しだ」

凛にだけ聞こえるようにささやくと、おもむろに片膝をついた。その光景はあまりにも現実離れしすぎていて、まるで夢を見ているような気がする。

「俺が心を動かされた女性は君しかいない。必ず幸せにすると誓う。どうか俺と、生涯をともに過ごしてほしい」

シャンデリアの光を受けてまばゆいほど輝くエンゲージリングは、ミル打ちを丁寧に加工したクラシックなデザインで、中央のダイヤモンドはあふれんばかりに大きい。

この指輪を購入した時には、まさかこんなふうに気持ちが通じ合うとは思ってもみなかった。

一方通行だと思っていたこの恋は、実は凛が自覚するもっと以前から、亮介が凛を見初める形で始まっていたのだ。

こうして改めて指輪を携えてプロポーズをしてくれた亮介の気持ちがうれしくて、凛の瞳にじわりと涙が滲む。

「私でよろしければ、喜んで」

「ありがとう」

指輪が凛の左手薬指にすべらされ、ぴったりと収まる。

それに合わせて、水を打ったように静まり返っていた会場は大きな拍手と歓声に包まれたのだった。


「疲れたか？」

パーティーを終え、双子を乗せたタクシーを見送ると、凛は亮介が個人で取っていたホテルのスイートルームへ連れてこられた。真っすぐに帰るものだと思っていたが、どうやらこのまま泊まっていくつもりらしい。

着替えなどなにも持ってきていない凛は慌てたが、亮介は「後ですべて手配しておく」と事もなげに言ってのけ、そのまま最上階までエレベーターに乗せられた。

ホテルアナスタシアにふた部屋しかないインペリアルスイートは驚くほど広く、重厚なソファセットがあるリビングスペースの大きな窓からは都会のきらびやかな夜景が一望できる。

えんじ色のふかふかの絨毯にヒールをとられないように気をつけて進みながらソファにたどり着き、ふぅとひと息ついた凛に亮介が問いかける。

「今日のためにこの数週間はかなり残業をしていただろう。よくやってくれた」

社内向けのパーティーとはいえ、招待した数は数百名にのぼる。滞りなく進行するために気が遠くなるほど綿密な打ち合わせを重ね、今日を迎えた。

その運営チームの指揮を執っていたのは同僚のグループ秘書たちだ。進行を務める恵梨香など、今日の成功は彼女たちが陰日向に奔走した功績にほかならない。

「いいえ、パーティーの運営はほとんどグループが担当してくださったので。でも楽しんでいただけてよかったです。それよりも、あの、ビックリしました」

まさかサプライズで仕切り直しのプロポーズをされるなど、思ってもみなかった。

凛は結婚後も旧姓で働いていて、秘書室の人間以外に亮介の結婚相手が自分だと告げる予定はなかったため、まさに寝耳に水の出来事だった。

「悪い、もしかして嫌だったか？」

「まさか。驚きましたが、とてもうれしかったです」

困惑したが、うれしくないわけがない。

あの後、秘書室以外の社員から怒涛の質問攻めにあい、双子からは『リアル王子様のプロポーズじゃん！』とテンション高くからかわれ、普段秘書としてパーティーの補佐についている以上に疲労を感じている。

けれどみんな一様におめでとうと祝いの言葉を口にし、ネガティブな反応を見せる者はいなかった。

たくさんの人に結婚を祝福され、黒子の立場でありながら目立ってしまったのは少し恥ずかしかったけれど、涙が出るほどうれしかった。

「でも月曜日に出社した時の周りの反応が少し怖いです。スパイ疑惑の次は副社長の結婚相手だなんて、ずいぶんお騒がせな秘書ですね」

わざとおどけて笑ってみせると、亮介は真剣な表情で口を開いた。

「どうしても君が俺のものだと周知したかった。だが、公私の区別はしっかりつける。誰になにを言わせるつもりもない。凛も堂々としていればいい」

「はい」

「それでも、もし心ない言葉を耳にしたら、すぐに俺に言うように。君はつらくてもすぐに我慢してしまうからな」

凛がうなずくと、亮介はホッと安心した表情を見せた。頭をぽんぽんとなでられ、そのまま耳をくすぐりながら頬にすべらされる。

大きな温かい手で頬を包んだ彼にまじまじと顔を見られ、凛は首をかしげた。

「な、なんでしょうか?」

「今日のメイクはオハイアリイか」

「もちろんです」

彼の言う通り、今日はひと足早く手に入れたオハイアリイのコスメでフルメイクを施している。

パーティー会場やドレスの豪華さに負けないよう、パールやグリッターといったキラキラしたアイシャドウを用いて、悩みながらも晴れの日にふさわしく華やかに仕上げた。

「やはり凛は化粧映えするな。今日の華やかなメイクもとてもよく似合っている。もちろん、普段のメイクや素顔もかわいらしいが」

「あ、ありがとうございます」

普段のメイクはともかく、素顔を見せるのは彼の部屋に泊まる時しかない。恥ずかしさに身をすくませると、亮介の眼差しになぜか不機嫌な色が混じった。

「亮介さん……？」

「今日の凛は綺麗すぎて、会場中の男の視線を集めていた。ここ数か月で見違えるほど美しくなったと、今日だけで何度君の噂話を聞かされたか」

「そんな、大げさです」

「大げさではない。君は自分の魅力をもう少し正確に自覚すべきだ」

ため息をついた亮介が、不意に真面目な顔つきになった。

「プレスリリースが済んだら、一緒に暮らし始めないか」

「え？」

「当初はオハイアリイが発売されて落ち着いたらという話だったが、もう待てそうにない。できるだけ早く一緒に住みたいと思っている」

予想外の提案に驚いたが、彼は至極真面目に話を続ける。

「きっとこれからも忙しい日は続くだろう。君は以前、会社で顔が見られる環境だから会えなくても平気というような話をしていたが、俺は秘書の顔の君だけでは到底足りない。プライベートな凛とふたりだけの時間を取るには、一緒に住むのが効率的だと思わないか」

あの時はまさか亮介が凛を想ってくれているとは露ほども思わず、ただ顔を見られれば幸せだった。

けれど亮介に愛され、甘やかされることに慣れた凛にとっても、もう堅物副社長の仮面をつけた彼の顔では満足できなくなっている。

二度のプロポーズを受けておきながら、まだ少し先だと思っていた彼との同居が、急に目の前に提示された。

「当面は今の俺のマンションに住んでもいいし、君が気に入る物件を探して購入してもいい。仕事を続けるのだから家事は外注すればいいし、出社も退勤も同じ車に乗れるようになる。朝目覚めて、仕事をこなし、眠りにつくまで、ずっと君といたい」

亮介は断る口実をつぶすように怒涛の勢いで話すと、指輪の輝く左手を取り、その甲にうやうやしく口づけを落とす。

あのパーティーでのプロポーズはまるで夢のようで、幸せの絶頂だった。

けれど彼は凛が感じた頂点をやすやすと越えて、さらに幸せを注いでくれる。

こんなにも情熱的に欲してくれる愛しい人を前に、どうしてNOを突きつけられるだろう。

「私も、亮介さんとずっと一緒にいたいです」

「凛」

「急いで引っ越しの準備をしないとですね」

了承の意味を込めてふわりと微笑んだ凛を、亮介がソファに押し倒す。

「きゃっ……」

「準備なんていらない、君が身ひとつで来てくれればそれでいい」

絡められた指に力が込められ、それが冗談ではないのだと訴えてくる。

「なんて……必死すぎてどうにもカッコ悪いな」

苦笑する亮介に、凛は腕を伸ばして彼の首に回した。

「亮介さんをカッコ悪いなんて、一度も思ったことありません」

それだけ凛を想ってくれているのだと、喜びが体中を甘く包み込む。

「お言葉に甘えて、私は身の回りのものと、この指輪だけを持って亮介さんのマンションへ行ってもいいですか？」

もらったばかりの指輪に指先で触れ、凛は亮介に素直に甘えることにした。その方が遠慮するよりも彼が喜ぶのだと、この数か月で学んだ。

「もちろんだ。ありがとう」

予想通り、亮介は珍しいほど相好を崩してうれしそうに笑った。

「もうひとつ、これも追加してくれ」

亮介はパーティー会場で見せたものよりもひと回り大きな濃紺の箱を取り出した。中央から左右に開くと、大きさの違う揃いの指輪が行儀よく並んでいる。

「一度はずすぞ」

凛の左手の薬指からダイヤの指輪を抜き取って脇に置くと、小さい方の指輪を台座からつまんで薬指にすべらせる。そして再びダイヤの指輪をはめた。

「これ……」

「こっちも一緒に受け取ったんだ。内側に結婚指輪、外側に婚約指輪をするのが主流だと店員に聞いた。〝永遠の愛にロックをかける〟という意味らしい」

キザだよな、と亮介は笑う。

「石付きの指輪はイベントの時のみでもかまわない。でも結婚指輪はこれからずっとつけていてほしい」

「ありがとうございます。うれしい……」

「俺にもつけてくれるか？」

亮介に請われ、凛はもうひとつの指輪を台座から取り、彼の左手薬指へすべらせた。

「……結婚式みたいで照れますね」

「練習だと思えばいいだろう」

「なんだか、本当に結婚したんだなぁって実感しました」

「一緒に住めばもっと実感できる。君の部屋に必要なものは用意しておく。好みがあったら先に教えてくれ。リビングダイニングの家具やインテリアは追々凛の好みに替えくれてかまわない。あぁ、ベッドだけは早めに大きなものに買い換えるか」

亮介の口からは次々と同居へのプランが出てくる。まるで遠足を待ちきれない子どものようで、凛はクスッと笑った。すると亮介は不思議そうに眉根を寄せる。

「どうした？」

「なんだか、亮介さんがかわいらしく思えて」

もっと言えば、とても愛おしいと感じる。年上の男性に対し、こんな気持ちになったのは初めてだ。そう素直に告げると、彼は居心地が悪そうな顔をした。

「大の男にかわいらしいはないだろう」

「そうですね、失礼しました。でも、こうして亮介さんに甘えるのが幸せだと思いまして」

「こんなの甘えてるうちに入らない。むしろ俺のわがままを受け入れて甘やかしてくれているのは凛の方だ」

「ふふ、長女気質なので」

「じゃあ、ここからは俺の番だな」

これまで見せていた珍しくはしゃいだような亮介の様子が一転、目を細めてゆっくりと凛のサイドの髪をなでて耳にかける。ガラッと変わった彼の雰囲気に気圧され、凛は息をのんだ。

亮介の親指がつうっと下唇の縁をなぞる。男の色気あふれる視線と手つきに煽られ、思わずはぁっと熱い吐息をこぼした。

「……ラスターの十二番？」

亮介がじっと唇に視線を注いだまま問いかけてきたのに対し、凛は彼から視線をはずさないままこくんとうなずく。

今日のメイクの仕上げとなるリップの色は、最初から悩まなかった。

「これが、私の一番のお気に入りですから」

副社長室で凛をモデルにサンプルを試した際、亮介が選んでくれた色だ。彼も覚えていたようでうれしそうに口角を上げた。

「まだ落ちていないな」

あの日と同じセリフを口にしながらゆっくりと覆いかぶさり、顔を近づけてくる。

「試してもいいか？」

そして、亮介は凛の返事を待たず唇を重ねた。

「ん……っ」

あの時とは違い、そのまま彼の舌が唇を割って口内に侵入し深く絡められる。凛がすがるように亮介の胸もとをきゅっと握ると、安心させるように回した腕に頭や肩をなでられた。

何度キスを交わしても、体を重ねても、亮介と一緒にいるとドキドキして落ち着かない。これまでは秘書としてポーカーフェイスで立ち回れていたのに、ふたりきりになった瞬間にどうしようもなく胸が高鳴る。

しかも今日はあんなサプライズがあったのだ。まだプロポーズの余韻が残っている。

「……亮介さん」

「浮かれてるんだ。許してくれ」

「あ、ん……っ」

なにに聞くまでもない。彼も凛と同じで、まだあの高揚感をまとっているのだ。

おまけに同居を早める提案に凛がうなずいたことも彼を浮かれさせているのだと思うと、なんともくすぐったい気分になる。

何度も角度を変えて口づけを受け、そのたびに鼻に抜けた吐息が漏れてしまうのが恥ずかしいのに、やめてほしいとは思えない。

「せっかく選んでもらったドレスが、しわに……」

「そうだな、脱ごうか」

言うが早いか、亮介は凛の体をくるりと反転させ、背中のファスナーを下ろす。その音がやけに大きく聞こえ、恥ずかしさに肌が桜色へと染まっていく。

ドレスを取り払われてしまえば、身を守るものはストラップレスのブラとショーツしかない。

心許なさに身を縮こまらせていると、背中のホックをはずし、そこに熱い唇が寄せられた。

「ひゃっ」

「凛は背中も綺麗だ」

骨をなぞるように舌が這わされ、ぞくりと体が震える。すがるもの欲しさにソファを握ろうとして、ここが超高級ホテルのスイートルームだと思い至った。

「りょ、亮介、さん……っ」

「なに？」

「ここじゃダメです」

万が一にでも傷つけたり汚したりしたらと思うと、とてもじゃないが集中できそうにない。

そんな凛の思考を読んだのか、亮介は「わかった」とうなずき、凛を抱き上げて寝室へ向かう。

そっとベッドに横たえられると、素肌にあたるひんやりと冷たいシーツの感触に体がビクッと跳ねた。

照明は落とされているものの、大きな窓から見える夜景の煌めきが覆いかぶさってくる亮介の輪郭を縁取り、彼の目に灯る欲がありありと見える。

「昔は結婚なんて一生しなくてもいいと思っていたのに、凛と法的な夫婦になることを急ぎ、今は一刻も早く一緒に暮らしたいと焦っているなんて。君と出会って、俺はずいぶん変わったような気がする」

「そう、でしょうか……？」

「これまでの女運の悪さは、凛に出会うためだったのかもしれないとすら思う。こんなふうに求めてやまないのも、自分にできうる限りで甘やかしたいと思うのも、なによりも大切にして愛したいのだって、後にも先にも凛だけだ」

耳もとで情熱的にささやかれ、そのまま耳たぶを唇で食まれた。

「ん、それ、くすぐったいです……」

「小さくて形のいい耳もかわいい。細い首も、華奢な肩も、やわらかくてなめらかな肌も、全部が俺をたまらなくさせる」

一つひとつ丁寧に唇で愛撫され、どこもかしこもかわいい、綺麗だと褒められる。

亮介ほどの美麗な男性に容姿を褒められるのは恥ずかしいけれど、それでも彼がお世辞で言っているわけではないとわかる。彼の目には、凛がこの世で一番かわいくて綺麗なものとして映っているのだ。

「ここも、俺に触れてほしくて震えているみたいだ」

じっくりと時間をかけて愛撫を施され、胸の先端が存在を主張するかのように色づいている。

「や、あまり見ないで……」

「どうして。こんなに愛らしいのに」

ぱくんと口内に含まれ、凛はより胸を突き出すように首を反らして身もだえた。

「あぁっ……ん、やぁ！」

その反応に気をよくしたのか、舌や唇、時に歯を駆使して快感を与えてくる。

「かわいい、凛」

胸もとをいじめながら、亮介の大きな手は凛の下肢へと伸び、唯一身につけていたショーツを脱がせる。

「やっ、待っ……あぁっ！」

とろりと潤む場所へ指が沈められ、甘い痺《しび》れが全身を駆け抜けた。亮介によって教え込まれた体は与えられる快感を上手に拾い上げ、もっともっととねだるように享受する。

時間をかけて何度も高みへ押し上げられ、大きくて熱い彼の昂りを受け止める頃には、もうなにも考えられなかった。

「あっ、亮介さん、それ……」

「ん、ここか？」

「んんっ、は、あ、もっと……」

凛は感じるままに腰をくねらせ、甘えるように彼の首を引き寄せてキスをせがむ。その痴態に煽られた亮介が喉の奥で呻きながら理性をかき集め、とろけるような甘い口づけを贈った。

激しく穿たれながらも、抱きしめてくれる腕は心地よく、頭や頬をなでられれば体だけでなく心までとろけそうになる。

「好き、好きです」

「俺もだ。愛している」

互いの愛情を確かめ合い、幾度もキスを繰り返し、痺れるほどに甘い激情に揺さぶられながら、幸せな夜は更けていった。

オハイアリイの発売から二週間が経った。

想像以上の反響で、プレスリリース後は問い合わせが殺到し、予約数も予想を大幅に上回った。

情報解禁後はやはり美堂のクリエと似ているなどとさまざまな意見が飛び交っていたが、そんな些細な雑音は徐々に新たなブランドを絶賛する声へと変わっていく。

話題性もあって発売日にはどの店舗にも長蛇の列ができ、限定色のリップは即日完売してしまうほどの人気ぶり。ＳＮＳや購入サイトの口コミも上々で、中高生からＯＬまで幅広く支持されている。

優秀なプチプラコスメが多くある中、学生などの若い層を取り込めたのは寧々と美々のＳＮＳ動画がおおいにバズったのも一因である。

ふたりはそれぞれ同じベースメイクをした後に同じ商品の色違いを使ってメイクしてみたり、ひとつのアイシャドウパレットを用いて塗り方でどこまで差が出るのかを検証してみたり、落ちないと謳っているリップは何回飲み物を飲んだら落ちるのかという実験をしてみたりと、さまざまな動画をアップしてブランドのよさを世間に発信してくれた。

コスメとして決して安くはない値段だけど、それ以上の価値がある。とくにオハイアリイのリップはパッケージがかわいく刻印もオシャレで、さらに落ちにくく色移りもしないといった実用性まで完璧で、自分へのご褒美コスメとして一本は持っていたいと動画内で話したのがきっかけで、学生の間で〝憧れのコスメブランド〟という地位を確立しつつある。

さらに双子はパーティーでの亮介の公開プロポーズも撮影していたようで、うまく凛の顔は映らないように編集し、リュミエールの広報部の許可を得て動画をアップしていた。

それを知らされていなかった凛はすぐに消してほしいと羞恥で顔を真っ赤にして頼んだが、ふたりはニコリと笑ってそれを拒否した。

「なに言ってるの、凛ちゃん。この動画のおかげでオハイアリイのコスメでメイクすると恋が叶うっていう噂が広がってるんだよ」

「そうそう。王子様みたいなプロポーズをされたい女子たちにめちゃくちゃバズってるんだから、消すなんてもったいないよ」

「お母さんも大志くんも、その場で見たかったーって言ってたよ」

まさか母や弟までその動画を見ていたとは思わず、凛は恥ずかしさに膝から崩れ落ちたのだった。


「そろそろ出るか」

「はい」

凛が亮介のマンションで暮らし始めてひと月が経った。

亮介の希望通り、ふたりの薬指には揃いのシルバーの指輪が輝いている。

創立記念パーティーでの公開プロポーズは当然社内にも広まり、好奇の視線を感じることがあったものの、亮介の言っていた通り就業中は公私の区別をつけているため、それもすぐに気にならなくなった。

今日は秋に予定している結婚式の打ち合わせのため、ふたりで式場へ向かっている。

「父に聞いたが、君は林田さんを通じてうちの両親や親戚に結婚式の要望を確認したそうだな」

亮介は運転をしながらちらちらりと凛に視線を向ける。

「はい。いろいろと決めてからだと変更も大変だと思ったので、なにかこだわりや決まり事があるのなら先にお伺いしたくて。でも先日お電話でお義母様が私の好きにしていいとおっしゃってくださって……」

「俺も気にしなくていいと言っていただろう」

「亮介さんは優しいので、もしなにかあっても私には伝えなさそうじゃないですか」

指摘が図星だったのか、亮介は少しふて腐れたような顔をしている。その表情がおかしくて、凛は頬を緩めた。

「結婚式の主役は花嫁の君だ。秘書の立場は忘れて、ふたりで凛の理想の式をつくっていこう」

大企業の御曹司である亮介の結婚式にもかかわらず、本人だけでなく社長や夫人までも『お金は出すからふたりの好きにしたらいい』と言ってくれている。

それをありがたく感じながら、凛は自分の理想の結婚式について考えた。

社会人になり、少ないながら何度か結婚式に出席したことはあるが、自分が式を挙げるならといった観点から見ていたわけではないので、パッと思い浮かぶ理想の演出などはない。

どの式も高砂に座る新郎新婦が幸せそうで、ゲストがそれを祝福している、とても温かい空間だった。

「では……来てくださった皆様に楽しんでいただける式にしたいです。結婚式はお料理を楽しみにされる方が多いと聞きますし、そこはこだわりたいです。あとは定番ですけど、母への感謝を伝える場は欲しいかなと思っています。花束とかお手紙とか。亮介さんはどうですか？」

運転席に視線を向けると、信号待ちで停車している彼の大きな手が伸びてくる。

「君は……本当にどこまでも自分より周りなんだな」

凛の緩く巻いた髪を指先でもてあそぶ亮介から、やわらかな笑顔を向けられた。

「俺はそういう健気で優しい凛を、一生隣で甘やかしたい」

唐突に告げられた甘いセリフに、凛は言葉をなくして彼を見つめる。

「君の要望はすべて叶える。あとは花嫁といえばドレスだろう。オーダーで凛にぴったりのドレスを作ろう」

「えっ？」

一度しか袖を通さないものをオーダーするなんて、そんな贅沢は考えたこともなかった。

「そんな、もったいないですよ」

「ソルシエールのドレスが気になってるんだろう？」

「えっ、どうして知ってるんですか」

今日の打ち合わせは招待客リストと当日の流れの確認、さらに衣装や招待状のデザインの相談をする予定で、凛はスムーズに進ませるため事前に下調べをしていた。

亮介に連れていってもらった思い出もあり、さらに大好きになった憧れのアパレルブランドであるソルシエール。今年に入ってウエディングドレスを手掛け始めたと知り、昨晩興味本位でホームページで見てみたところ、凛の趣味どストライクのラインナップだった。

あまりのかわいさに時間を忘れて見入っていたが、写真の下に小さく載っている価格に驚愕し、あくまで観賞用だと割りきって眺めていたのだ。

けれど亮介が帰ってくる前にひとりで見ていたはずなのに、どうして彼が知っているのだろう。

信号が青になり、正面を向いた亮介をまじまじと見ると、彼はクスッと笑ってアクセルを踏み込んだ。

「どうしてって、開きっぱなしのパソコンに突っ伏して寝ていた凛を抱いて運んだのは誰だと思ってるんだ」

「え？ あ……っ！」

昨夜はイズミ百貨店の和泉社長との会食があり、凛も亮介に同行していた。

その後、和泉社長に『これからふたりで飲まないか』と誘われた亮介はそのまま彼と別の店へ移動することとなり、凛は先に帰宅したのだ。

久しぶりにアルコールを飲んだせいか少しふわふわした感じがあったものの、軽くシャワーを浴びて調べものをしていた。

たしかにベッドで眠った記憶はないけれど、それはアルコールと軽い疲労のせいで覚えていないだけであって、きちんと自分で寝室へ行ったのだと思っていたのに。

「す、すみません……！ お疲れで帰ってきたのに、お手間をかけさせてしまって」

恐縮して謝る凛を横目で見ながら、亮介は「かわいい寝顔が見られて疲れも吹っ飛んだ」と微笑んだ。

「ソルシエールのドレスはセミオーダーかフルオーダーのどちらかだろう。せっかくなら フルオーダーで仕立ててもらえばいい」

「でも……」

「俺が君のためだけに作られたドレスを着ている凛を見たいんだ。ダメか？」

亮介の言葉に、凛はきゅっと唇を噛みしめた。

（私が素直に甘えられないから、こうして亮介さんのわがままみたいに言ってくれるんだ）

節約が身に染みついている凛にとって、どれだけ亮介が大企業の御曹司であろうと、自分のためにたくさんのお金を使わせることにいまだに抵抗がある。

引っ越しに関しても、今回のドレスにしても、亮介はその気持ちをわかった上で、自身の要望だからと凛の負担にならないよう取り計らい、心に秘めたままの凛の希望を叶えようとしてくれるのだ。

「私、ドレス選びにひとつだけ譲れない条件があって」

「ん？」

「亮介さんが私に一番似合うと思うドレスが着たいです」

彼が選んでくれたリップのように、ドレスもまた、亮介が凜に一番似合うと思うドレスを選びたい。

そのドレスを身にまとえば、世界で一番幸せな花嫁になれるのだから。

「責任重大だな」

「よろしくお願いします」

結婚式の打ち合わせに向かう車内は、すでに幸せのオーラで満ちあふれていた。

Fin.

# 特別書き下ろし番外編

# 番外編　不満顔の理由は《亮介Side》

金曜の夜とあって人混みであふれる駅から歩いて五分ほど。亮介は大通りから一本入った通りにある目的の雑居ビルを目指し、迷いなく歩みを進めた。

初夏と言われる五月下旬、春から夏に移るこの季節の夜は湿気も少ないため過ごしやすく、頬をなでる風が心地よく感じられる。

黒色の細い階段を上り、アンティーク調の木製の扉を開けると、暗い照明と控えめなＢＧＭに出迎えられた。

カウンターには数組の客が座り、顎髭の似合う物腰やわらかなマスターと三十代前半くらいの美形な男性バーテンダーが腕を振るっている。

会員制でもなければ高級店でもない至って普通のバーだが、酒はもちろん料理の種類も豊富で、なにを口にしてもうまい。

とにかく居心地のいい空間が気に入り、数か月前までは月に二、三度は訪れていた。

亮介は久しぶりに感じる店の雰囲気に心を緩ませ、カウンターの右端に座る男の隣に腰を下ろした。

「悪い。少し遅れた」

「いや。お疲れ、久しぶりだな」

穏やかに微笑む彼は高城大和。年末の情報漏洩騒ぎの際に電話で相談をした敏腕国際弁護士だ。あの時は急だったにもかかわらず話を聞いてもらったため、そのお礼にと今夜亮介から誘った。

凛もそれに合わせて秘書課の女性と食事に行くらしく、楽しそうに会社を出るのを見送ってからここへ来た。

ほぼ一年ぶりに会う大和は相変わらず容姿端麗という言葉がぴったりで、学生時代から理知的でクールな雰囲気だったが、結婚して以降はやわらかさも兼ね備えた弁護士らしい風格が漂っている。

「いらっしゃいませ。なにになさいますか？」

マスターに声をかけられ、ちらりと隣の大和の手もとを見ると、すでに注文を終えて飲んでいるようだ。

「いつものを」

「かしこまりました」

どれだけ久しぶりの来店でも、そのひと言でオーダーが通るのが、このバーに足繁く通いたくなる理由のひとつかもしれない。

　ほどなくオーダーした十八年もののウイスキーがサーブされ、ふたりは無言でグラスを交わす。

　亮介がオーダーしたウイスキーは、定番の十二年ものに比べてライトで癖がなく、ゆっくり味わいながら飲めるので、ここに来るとまず最初に頼む酒だ。

　しばらく芳醇な香りや舌触りを楽しんだ後で、本題を切り出した。

「年末は唐突な電話をして悪かった。おかげですぐに対処できて、大事にはならなかった」

　相談に乗ってもらったため、一連の騒動が落ち着いたところで大和にはメールで簡単に報告をしていたが、改めて礼を告げる。

　ライバル会社に情報をリークしていた孝充は糾弾された当初こそ激昂していたが、冷静になって自分のしでかした罪の重さを実感するや否や真っ青になった。

　情報を渡していた相手も会社を追われ、美堂との話し合いの末にクリエは来年を目処に販売停止。孝充が十分に反省しているという点を考慮し、懲戒解雇とした上で被害届の提出は見送ることとなった。

　すべての後始末を買って出た専務に一任していたため、それで決着が着いたのならば亮介に文句はない。

「大事にならなかったと言うわりには、表情が穏やかじゃないな」

グラスを傾けながら意味ありげな視線を投げられ、亮介はポーカーフェイスを崩して眉をひそめた。

もう終わったこととはいえ、孝充の言い分を思い出すだけでも腹が立つ。

浮気をして凛を裏切り傷つけただけでは飽き足らず、自分勝手に復縁を望み、それが果たされないからと逆恨みして彼女に情報漏洩の罪をなすりつけようだなんて、自己中心的で身勝手極まりない。

「まぁ大事な奥さんが巻き込まれたのなら、それも仕方ないか」

事件のあらましについて伝えたメールで結婚報告もしているため、大和は心のうちがわかるとばかりにクスッと笑った。

「そういえば見たよ、海堂の公開プロポーズ。学生時代のお前を知っている俺からしたら、他人の空似かと思ったよ」

「……まさか動画を撮られていたとは思わなかった」

凛が自分のものだと知らしめたくて人前でプロポーズをし直したのだから、噂が広まるのは想定内だ。

しかしそれは社内だけの話であって、その様子が撮影され全世界に向けて配信されるとは思いもしなかった。

「でもそのおかげでブランドは順調なんだろう? 瑠衣《るい》も使ってるみたいだ。なんだっけ、女の子の間で持ってると恋が叶うという噂が広がってるって言ってたな」

瑠衣とは大和の妻の名だ。瑠衣はホテルに勤務しているらしく、オンオフともに使いやすいとオハイアリイを愛用してくれているそうだ。

彼女の言う通り、SNSで想像以上にパーティーでの様子が拡散され、オハイアリイはあっという間に〝恋の叶うコスメ〟として周知されていった。

順調に売上を伸ばし、コスメだけでなくスキンケアラインも展開する企画がすでに持ち上がっている。

「なんにせよ、きちんと片づいたのならよかった」

「あぁ。ありがとう、助かった」

「じゃあ、早速で悪いけど本題に入らせてもらおうかな」

大和はグラスを置いてから亮介に尋ねた。

「『プライド』という番組を知ってるか?」

唐突な質問に驚いたが、亮介はうなずく。

「あぁ、いろんな分野で活躍する人物に密着取材するドキュメンタリー番組だろう」

仕事についてのこだわりや熱い思い、日常生活の楽しみ、趣味の時間、家族との関わり方など、その人物について密に取材をして紹介するテレビ番組だ。

タレントや俳優、ミュージシャンなど芸能に携わる者だけでなく、アスリートや企業のトップ、医者、飲食店の店主やタクシーの運転手など、取材対象は多岐にわたり、以前イズミ百貨店の副社長が取材されている回を見たことがある。

数日かけて密着取材するため内容の濃い話が聞けると評判の番組で、一番の特徴は取材対象を決めているのは番組側ではないという点だ。

取材を受けた人物が、次の誰かを紹介するリレー形式をとっており、意外なつながりや交友関係が知れると毎回話題となっている。

「今、その番組の取材を受けてるんだ」

亮介は驚き、グラスを置いて大和に視線を向けた。

「そういえば、例のM&Aの件で如月法律事務所の名前はニュースでも出てたな」

アメリカの大手製薬会社が、日本の小さなＩＴ企業を吸収合併すると話題になっていた。それを取りまとめたのが、きっと大和なのだろう。さすがの敏腕ぶりだ。

「大変そうだな」

「まぁ、事務所での撮影のみ、瑠衣の顔や名前を出さないのを条件に引き受けたから、そこまで大変でもないかな。これがきっかけでもっと法律事務所が身近な存在になれば、困っている人が俺たちに相談に来やすくなるかもしれないし」

「そういうものか」

亮介が大和の話を聞きながらグラスを持ち上げると、手もとで氷がカランとなった。

リュミエールの御曹司として生まれ、化粧品会社の広告塔としては申し分ない容姿の亮介だが、経済誌だろうとファッション誌だろうと、これまで顔を出す取材を引き受けたことは一度もない。

自分の容姿が他人の目にどう映るかを把握しているがゆえに、面倒な事態になるのを避けていた。

大和も同じようなものだと思っていたが、どうやら違ったらしい。亮介は大和の弁護士としての使命感を素直に尊敬した。

「放送を楽しみにしてる」

「他人事のように言うけど、俺が本題と言ったのを覚えてる？」

大和は穏やかに微笑んでいるが、瞳の奥が獲物を捕らえるようにギラリと光ったのを見て、亮介は目を細めた。

「もうすぐ取材が終わる。俺は次の取材対象を数人ピックアップしなくてはならない」

「……おい」

嫌な予感に眉をひそめる。

「国内シェアナンバーワンを誇る化粧品会社の御曹司で容姿は抜群、最近新ブランドを発売し、その売れ行きも好調。おまけにＳＮＳを騒がせた公開プロポーズの王子様とくれば話題性は抜群だ」

「ちょっと待て」

「大丈夫。海堂の一存で取材を受けるとは決められないだろうから、さっき君を待っている間にリュミエールの広報に概要を送っておいた。あの番組の視聴者層は幅広いし、宣伝効果は言わずもがなだ。番組側リュミエール側ともにウィンウィンだろう」

スラスラと言葉を紡ぐ大和をジロリと睨む。弁の立つ大和相手に口先で勝てるはずはなく、亮介はそうするしかできない。

そんな友人の鋭い眼差しを、大和は笑って受け流す。

「俺の時間は高いって言ったろ」

「……思っていた以上に法外な報酬だな」

報酬は言い値で払うと言ってしまった以上、亮介に断る道は残されていない。つい悪態をつくと、大和は酒を片手に肩をすくめた。

「でも会社にとっては大きなプラスだろう?」

本来、広告宣伝費には多大な費用がかかる。たった十五秒から三十秒のＣＭに多額の金が投じられるのだ。三十分の番組に無償でリュミエールを取り上げてもらえるのなら、広報も飛びつきたい案件に違いない。

だからこそ、余計断られないと大和もわかっているんだろう。

「それに、取材側が優秀なホテルマンである瑠衣を紹介してほしいと息巻いているからね。それ以上に話題性があってディレクターが飛びつきそうなターゲットじゃないと困るんだ。瑠衣を全国ネットでさらすなんて冗談じゃない」

亮介は不機嫌そうに顔をしかめる大和に目を見張った。

どうやら番組制作側は大和の妻である瑠衣を取材したいと考えているらしい。亮介に取材対象のバトンを渡そうとしている理由は、報酬というよりもそこにありそうだ。

「ずいぶんと奥さんに惚れてるんだな」

「じゃないと所長の娘を妻にしたりしないさ」

意趣返しにからかってみると、存外素直な反応が返ってくる。

「海堂だってそうだろ?　生半可な気持ちで秘書に手を出したのか?」

「まさか」

「そうだろ？　一緒だよ」

そう言って笑う友人の顔はクールな弁護士のものではなく、最愛の妻を想うただの男の顔をしていた。


タクシーで帰宅すると、凛はすでに風呂を済ませたようでパジャマ姿だった。

「おかえりなさい、亮介さん」

玄関まで出迎えてくれた愛しい妻を抱きしめ、腕の中に閉じ込めたまま額にキスを落とす。

「ただいま、凛」

女性に対し、こんなにも甘い態度が取れるのかと自分でもおかしく感じるが、それは相手が凛だからにほかならない。

彼女は会社で見せる真面目な秘書の顔とは違い、照れくさそうに顔を真っ赤にさせている。

一緒に暮らし始めてすでに二か月以上経っているが、いまだにこうした軽いスキンシップにも恥じらう凛が愛おしくてたまらない。

「会社でのポーカーフェイスが嘘みたいだな」

じっと顔を見つめると、化粧を落とした素顔なのが恥ずかしいのか、うつむいたまま唇を尖らせている。そんな仕草も愛らしい。

「……それは亮介さんにそっくりそのままお返しします」

「仕事中に君を抱きしめたいのを我慢している反動だ」

「もう、早くお風呂入ってきてくださいっ。酔ってるならシャワーだけにしてくださいね」

恥ずかしさに耐えきれなかったのか、凛は腕を突っ張って亮介から逃げると、くるりを身を翻してリビングへ戻っていく。

そんな凛にクスッと笑いながら、亮介は言われた通りバスルームへと向かった。

シャワーを浴びてリビングへ行くと、凛がキッチンからグラスを持ってきてくれる。

「お水でいいですか？　コーヒーがよければ淹れますよ」

「ありがとう、水をもらう。食事は楽しかったか？」

「はい。久しぶりだったので、ゆっくりお話できました。亮介さんは？　お世話になった弁護士さんとは、久しぶりに会ったんですよね」

「あぁ。その件でちょっと話があって……」

ふたりで並んでソファに座ると、亮介はグラスの水をぐいっと呷《あお》る。

大和から請け負った頭の痛い案件を告げるため、彼と同じように凛に尋ねてみた。

「プライドという番組を知っているか？」

「はい、夜にやってるドキュメンタリー番組ですよね。イズミの副社長の回とか、『ASO《あそう》ホールディングス』の幼児教育の先生の回とか、何度か見たことがあります」

「実は、その番組の取材を受ける羽目になりそうだ」

「……えっ？」

一拍遅れて、凛がのけぞるようにして驚く。

それもそうだ。これまでどんな媒体だろうと顔をさらした取材を受けた試しがないのは、秘書である凛が一番よく知っているだろう。

「あの番組は取材対象をリレー形式でつないでいくだろう。今日会っていた高城が、今その取材を受けているらしい」

「あ、それで今日、亮介さんにお話が？」

「あぁ。番組側は高城の奥さんを取材したそうにしているらしいが、奥さんを溺愛してるあいつがかたくなに拒否してて、より制作陣が食いつきそうな俺に話が回ってきた。もちろん俺も凛を見世物にする気はないから、凛が嫌ならいっさいカメラに映らないように話を通しておく」

いつもならそんな依頼は断るが、今回は大和に協力をしてもらった礼だから受けようと考えていると説明する。

「……あまり詳しくはないですが、かなり視聴率がいいですよね」

「そう聞いてる。高城がすでにうちの広報に打診のメールをしているらしい。反響を考えれば、まぁ飛びつくだろうな」

「そう、ですね」

「まだ日程は未定だが、スケジュールの調整や発信する情報の吟味もしないとならない。どうせ受けるなら、存分にうちの商品を宣伝したいしな。悪いがまたバタバタしそうだ」

ため息交じりに言う亮介の隣で、凛はなにか考えるようにうつむいている。

「凛、どうした？」

顔を覗き込むと、ポーカーフェイスを装う彼女の表情にはどこか不満げな色が滲んでいる気がした。

ただでさえ忙しいのに、その上取材の対応までするとなると、オーバーワークになるだろうか。結婚式も控えている中なので、過密スケジュールになる恐れがあるならば問題だ。

　それに凛は自身が目立つのを好まないので、周辺にテレビカメラがあるというのもストレスに感じるのかもしれない。

　それとも自宅で仕事の話をしたのがよくなかったのだろうか。公私の区別はきちんとつけるべきだと思っているのに、仕事とプライベート半分な話題だったため、つい自宅で伝えてしまった。

　亮介は女心を読むのが不得手だと自覚しているが、だからといって凛の不安や不満をそのままにしておくなんてできない。

　自分の頭の中だけであれこれ考えるよりも、きちんと言葉にするのが一番だと学んだため、亮介は凛の気持ちに寄り添うようにゆっくりと口を開いた。

「取材、断った方がいいか？」

「え？」

「凛が今以上に忙しくなって回らないと判断するのなら、仕事として受けるわけじゃないから断ることも可能だ」

「いえ、スケジュールは日程がわからないとなんとも言えませんが、発信する情報やカメラが入る現場の調整は広報と連携を取りながら進めるでしょうから、私の負担だけが大きくなることはないと思います。取引先には先に事情をお話ししておけば問題はないはずですし、こちらの調整も大きな手間ではありません。テレビはＳＮＳよりも幅広い層に届くでしょうし、かなり大きな反響があるはずなので、会社のためには受けた方が」

凛は瞬時に秘書の顔になり、スラスラと答える。その真面目で完璧な答えを聞き、亮介は小さくうなずいた。

「うん、秘書の凛がそう考えているのはわかった。君に任せておけば大丈夫そうだ。じゃあ今、凛が浮かない顔をしているのはなぜだ？」

亮介が静かに聞くと、凛はハッとした表情を浮かべた後、見る見るうちに頬を赤く染めていく。

「やだ、顔に出てましたか……？」

「凛？」

思っていた反応と違い首をかしげていると、彼女は両手で顔を覆い、小さな声で子どもが言い訳するようにつぶやいた。

「だって、ただでさえ創立記念パーティーの動画のおかげで、ＳＮＳ上だけじゃなく社内でも亮介さんを『リアル王子様』なんて言って女性社員がはしゃいでるのに、テレビで特集されたら亮介さんのファンがもっと増えそうで……」

「……ん？」

凛の言葉をうまくのみ込めず、亮介は彼女のセリフを脳内で繰り返す。

たしかに創立記念パーティーでの公開プロポーズ動画は思っていた以上に拡散されており、今日も大和にからかわれたばかりだ。

社外でも知っている人間が多いのならば、社内にはより知れ渡っているだろう。

万が一にも凛に変な言いがかりをつける輩がいないか目を光らせているが、あの動画は凛の名前や顔がわからないように編集していたし、今のところおかしな問題は起きていない。

『立花さんってあんなにかわいかったか？』という驚きや後悔を滲ませる男性社員たちの声が聞こえてくるのが不快だが、今さら気づいたところでもう凛は自分のものだと聞き流すことにしている。

亮介自身も『堅物副社長がまさかあんなプロポーズをするなんて……！』とあれこれ言われているようだが、もともと自分に対する噂話に興味がないため、とくに気に留めていない。

だから凛の言う『女性社員がはしゃいでいる』状況もなんとも思っていなかったが、

どうやら凛はそうではないらしい。

「凛、それは」

「わかってます、なにも言わないでください、ただの嫉妬です。自分でも心の狭さというか余裕のなさに驚いてるところなので……っ」

凛が観念したように矢継ぎ早に言葉を並べ、亮介は呆気にとられた。

（嫉妬……？　凛が、俺に……？）

なにも言えずに固まっていると、凛は瞳にうっすらと涙を浮かべて弁明し始める。

「すみません、変な話をして……。本当に、取材を断ってほしいなんて思ってないですから。今の言葉は忘れてください。亮介さんが番組に出ることでリュミエールのよさがいろんな人に伝わるのは私だってうれしいです」

「謝らなくていい。それに凛が心配するような事態にもならない。番組を見て騒ぐのは、自分で言うのもなんだが俺の外見だけ見ている人間だけだろう」

亮介の言葉に、凛はブンブンと首を横に振って反論した。

「そんなことないです！　仕事に対する真摯な考え方とか厳しそうに見えて実は優しいところとか、密着取材されれば普段は見えない亮介さんの素敵なところが全国ネットで流れるんですから、ＳＮＳの動画の比じゃないくらい騒がれるに決まってます！」

無意識だろうが、亮介を褒めつつも凛の表情はやはりどこか不満そうで、亮介はそんな妻が愛おしくて仕方なかった。

嫉妬するのは自分ばかりだと思っていたが、まさか凛に嫉妬してもらえるとは。

亮介は緩む頬に力を入れるが、どうにも笑みがこぼれてしまう。

「……笑わなくてもいいじゃないですか。私だって初めての感情に戸惑ってるんです」

「バカにして笑っているわけじゃない。凛が感情を見せてくれるのも嫉妬してくれるのもうれしいし、かわいくて仕方ないと思っているだけだ」

「な……っ」

絶句する凛を引き寄せて抱きしめると、そのまま膝の裏に手を入れて抱き上げた。

「ひゃっ、亮介さんっ？」

「今すぐに凛を抱きたい」

「えっ、ど、どうしたんですか、急に」

「凛がかわいすぎるのが悪い」

亮介がスタスタと足早に寝室に向かう中、凛は困惑したまま恥ずかしさと戦っていたようだが、やがて覚悟を決めたのか腕を首に回してきた。

「私も、亮介さんが欲しいです」

そっとベッドの上に下ろすと、彼女がじっとこちらを見つめている。

「きっと、これからも大勢の女性があなたに憧れると思うから……亮介さんは私だけの旦那様だって、たくさん感じさせてください」

愛しい新妻にそんなことを言われ、平常心でいられるはずがない。

凛の唇を噛みつくように奪いながら、吐息交じりにささやいた。

「愛してる。凛以外の女性は見えないほど、君だけを想っている」

「私も、亮介さんが大好きです」

互いの姿だけを瞳に映し、あふれる愛を注ぎ、ぴったりと隙間なく抱きしめ合う。

キスを交わし、触れ合い、凛の羞恥心が吹き飛んだところで限界まで育ったものを埋め込み、乱暴にならないように揺さぶった。

腰が溶けそうなほどの快楽を味わいながら、何度も凛の名前を呼ぶ。

そのたびに彼女は泣きそうな表情で甘く鳴き、さらに亮介を昂らせた。

「凛、愛してる」

夫婦の寝室には、明け方まで愛を交わすふたりの吐息が漏れ聞こえていたのだった。

Fin.

# あとがき

ベリーズ文庫様からは去年の七月以来、九か月ぶりの刊行となります。

お久しぶりの方も、はじめましての方も、こんにちは。蓮美ちまです。

『捨てられ秘書だったのに、御曹司の妻になるなんて　この契約婚は溺愛の合図でした』をお手に取っていただき、ありがとうございます。

昨年刊行させていただいた作品はすべて職業ヒーローのお話だったので、今回はオフィスラブの作品を書いてみました。

意外（？）にも、オフィスラブ作品をベリーズ文庫様で書くのは初めてです。

仕事でもプライベートでも一緒にいるふたりというのは、オンオフのギャップが見えやすくていいですよね。

自分を地味だと感じているため、キラキラしたコスメが大好きだと素直に表せないヒロインと、過去の女運の悪さから恋愛から距離を置いてきた堅物ヒーロー。

ヒロインの元カレの裏切りをきっかけに、一気に距離が縮まる副社長と秘書の恋模様をお楽しみいただけるとうれしいです。

また、既刊のヒーローも登場しているのですが、おわかりの方はいらっしゃるでしょうか。こうして作品の中でキャラクターをリンクさせるのは大変ですが、とても楽しいです。

今作は化粧品会社が舞台となっていますが、私もコスメを買ったりメイクを研究したりすることが好きです。この作品を執筆していたら物欲がふつふつと湧いてきて、気になっていたコスメをたくさん買っちゃいました。今はコスメのレビュー動画などもあるので、お買い物するにもリスクが減ってありがたい時代だなぁと感じています。

最後になりましたが、表紙イラストを担当してくださったさんば先生。フランスの血を感じさせるヒーローと、溺愛に困惑している可愛らしいヒロインが最高です。ありがとうございます。

最後まで読んでくださった皆様、この本の出版に携わってくださった皆様に感謝いたします。

それでは、次回作でもお会いできますように。

蓮美《はすみ》ちま

蓮美ちま先生への
ファンレターのあて先

〒104-0031
東京都中央区京橋 1-3-1
八重洲口大栄ビル7F
スターツ出版株式会社　書籍編集部　気付

蓮美ちま先生

本書へのご意見をお聞かせください

お買い上げいただき、ありがとうございます。
今後の編集の参考にさせていただきますので、
アンケートにお答えいただければ幸いです。

下記URLまたは二次元コードから
アンケートページへお入りください。
https://www.berrys-cafe.jp/static/etc/bb

捨てられ秘書だったのに、
御曹司の妻になるなんて
この契約婚は溺愛の合図でした

2024年4月10日　初版第1刷発行

著　者　蓮美ちま

発 行 人　菊地修一
デザイン　hive & co.,ltd.
校　正　株式会社文字工房燦光
発 行 所　発行所スターツ出版株式会社
〒104-0031
東京都中央区京橋 1-3-1　八重洲口大栄ビル7F
TEL　03-6202-0386（出版マーケティンググループ）
TEL　050-5538-5679（書店様向けご注文専用ダイヤル）
URL　https://starts-pub.jp/
印 刷 所　大日本印刷株式会社

Printed in Japan



ISBN 978-4-8137-1569-6　C0193

# ベリーズ文庫 2024年4月発売

『もう恋はしないはずが──凄腕パイロットの激愛は拒めない【ドクターヘリシリーズ】』 佐倉《さくら》伊織《いおり》・著

ドクターヘリの運航管理士として働く真白。そこへ、2年前に真白から別れを告げた元恋人・篤人がパイロットとして着任。彼の幸せのために身を引いたのに、真白が独り身と知った篤人は甘く強引に距離を縮めてくる。「全部忘れて、俺だけ見てろ」空白の時間を取り戻すような溺愛猛攻に彼への想いを隠し切れず…。

ISBN 978-4-8137-1565-8／定価748円（本体680円＋税10%）

『余命1年半っかりそめ花嫁はじめます～初恋の天才外科医に救われて世界一の愛され妻になるまで～』 葉月《はづき》りゅう・著

OLの天乃は長年エリート外科医・夏生に片思い中。ある日病が発覚し、余命宣告された天乃は残された時間は夏生のそばにいたいと、結婚攻撃に困っていた彼の偽装婚約者となる。それなのに溺愛たっぷりな夏生。そんな時病気のことがばれてしまい…。「君の未来は俺が作ってやる」夏生の純愛が奇跡を起こす…！

ISBN 978-4-8137-1566-5／定価737円（本体670円＋税10%）

『愛しているから、結婚はお断りします～エリート御曹司は薄幸令嬢への一途愛を諦めない～』 高田《たかだ》ちさき・著

社長令嬢だった柚花は、父親亡き後叔父の策略にはまり、貧しい暮らしをしていた。ある日叔父から強制された見合いに行くと、現れたのはかつての恋人・公士。しかも、彼は大会社の御曹司になっていて!?　身を引いたはずが、一途な愛に絆されて…。「俺が欲しいのは君だけだ」──溺愛溢れる立場逆転ラブ！

ISBN 978-4-8137-1567-2／定価748円（本体680円＋税10%）

『政略婚姻前、冷徹エリート御曹司は秘めた溺愛を隠しきれない』 紅《くれない》カオル・著

父と愛人の間の子である明花は、継母と異母姉に冷遇されて育った。ある時、父の工務店を立て直すため政略結婚することに。相手は冷酷と噂される大企業の御曹司・貴俊。緊張していたが、新婚生活での彼は予想に反して甘く優しい。異母姉はふたりを引き裂こうと画策するが、貴俊は一途な愛で明花を守り抜き…。

ISBN 978-4-8137-1568-9／定価748円（本体680円＋税10%）

『捨てられ秘書だったのに、御曹司の妻になるなんて　この契約婚は溺愛の合図でした』 蓮美《はすみ》ちま・著

副社長秘書の凛は1週間前に振られたばかり。しかも元恋人は後輩と授かり婚をするという。浮気と結婚を同時に知り呆然とする凛。すると副社長の亮介はなぜか突然契約結婚の提案をしてきて…!?　「絶対に逃がしたくない」──亮介の甘い溺愛に翻弄される凛。恋情秘めた彼の独占欲に抗うことはできなくて…。

ISBN 978-4-8137-1569-6／定価748円（本体680円＋税10%）

# ベリーズ文庫 2024年4月発売

## 『再会したクールな警察官僚に燃え滾る独占欲で溺愛保護されています』 鈴《すず》ゆりこ・著

OLの千晶は父の仕事の関係で顔なじみであったエリート警察官僚の英介と2年ぶりに再会する。高校生の頃から密かに憧れていた彼と、とある事情から同居することになって!?　クールなはずの彼の熱い眼差しに心乱されていく千晶。「俺に必要なのは君だけだ」抑えていた英介の溺愛が限界突破して…！

ISBN 978-4-8137-1570-2／定価748円（本体680円＋税10%）

## 『「役立たず」と死の森に追放された私、最強竜騎士に拾われる～溺愛されて聖女の力が開花しました～』 晴日青《はるひあお》・著

捨てられた令嬢のエレオノールはドラゴンの卵を大切に育てていた。ある日竜騎士・ジークハルトに出会い卵が孵化！　しかも子どもドラゴンのお世話役に任命されて!?　最悪な印象だったはずなのに、「俺がお前の居場所になってやる」と予想外に甘く接してくる彼にエレオノールはやがてほだされていき…。

ISBN 978-4-8137-1571-9／定価759円（本体690円＋税10%）

# ベリーズ文庫 2024年5月発売予定

Now Printing

『こんなはずではなかったのだが……ー 女嫌いな天才脳外科医は真実の愛に目覚める』 滝井《たきい》みらん・著

真面目ＯＬの優里は幼馴染のエリート外科医・玲人に長年片想い中。猛アタックするも、いつも冷たくあしらわれていた。ところある日、働きすぎで体調を壊した優里を心配し、彼が半ば強引に同居をスタートさせる。女嫌いで難攻不落のはずの玲人に「全部俺がもらうから」と昂る独占愛を刻まれていって…!?

ISBN 978-4-8137-1578-8／予価748円（本体680円＋税10%）

Now Printing

『タイトル未定（御曹司×かりそめ婚）』 惣領《そうりょう》莉《り》沙《さ》・著

会社員の美緒はある日、兄が「妹が結婚するまで結婚しない」と誓っていて、それに兄の恋人が悩んでいることを知る。ふたりに幸せになってほしい美緒はどうにかできないかと御曹司で学生時代から憧れの匠に相談したら「俺と結婚すればいい」と提案されて!?　かりそめ妻なのに匠は蕩けるほど甘く接してきて…。

ISBN 978-4-8137-1579-5／予価748円（本体680円＋税10%）

Now Printing

『～憧れの街べリが丘～恋愛小説コンテストシリーズ　第1弾』 未《み》華空《はなそら》央《お》・著

恋愛のトラウマなどで男性に苦手意識のある澪花。ある日たまたま訪れたホテルで御曹司・蓮斗と出会う。後日、澪花が金銭的に困っていることを知った彼は、契約妻にならないかと提案してきて!?　形だけの夫婦のはずが、甘い独占欲を剥き出しにする蓮斗に囲われていき…。溺愛を貫かれるシンデレラストーリー♡

ISBN 978-4-8137-1580-1／予価748円（本体680円＋税10%）

Now Printing

『さよならの夜に初めてを捧げたら御曹司の深愛に囚われました』 森野《もりの》りも・著

OLの未来は幼い頃に大手企業の御曹司・和輝に助けられ、以来兄のように慕っていた。大人な和輝に恋心を抱くも、ある日彼がお見合いをすると知る。未来は長年の片思いを終わらせようと決心。もう会うのはやめようとするも、突然、彼がお試し結婚生活を持ちかけてきて！未来の恋の行方は…!?

ISBN 978-4-8137-1581-8／予価748円（本体680円＋税10%）

Now Printing

『タイトル未定（ドクター×契約結婚）』 真彩《まあや》-mahya-・著

看護師の七海は晴れて憧れの天才外科医・圭吾が所属する循環器外科に異動が決定。学生時代に心が折れかけた七海を励ましてくれた外科医の圭吾と共に働けると喜んでいたのも束の間、彼は無慈悲な冷徹ドクターだった！　しかもひょんなことから契約結婚を持ち出され…。愛なき結婚から始まる溺甘ラブ！

ISBN 978-4-8137-1582-5／予価748円（本体680円＋税10%）

タイトル、価格等は変更になることがございますのでご了承ください。

# ベリーズ文庫 2024年5月発売予定

Now Printing

『シークレットベビーにパパは必要ですか?～副操縦士の御曹司が、猛追してきて困っています～』 白亜凛《はくありん》・著

元CAの茉莉は旅行先で副操縦士の航輝と出会う。凛々しく優しい彼と思いが通じ合い、以来２人で幸せな日々を過ごす。そんなある日妊娠が発覚。しかし、とある事情から茉莉は彼の前から姿を消すことに。「もう逃がすつもりはない」――数年後、一人で双子を育てていると航輝が目の前に現れて…!?

ISBN 978-4-8137-1583-2／予価748円（本体680円＋税10%）

Now Printing

『子ネコを拾ったら守護精霊持ちの廃太子公爵の溺愛花嫁になりました～能力開花で夫婦は玉座に返り咲く～』 友野紅子《とものこうこ》・著

高位貴族なのに魔力が弱いティーナ。完璧な淑女である姉に比べ、社交界デビューも果たせていない。そんなティーナの危機を救ってくれたのは、最強公爵・ファルザードで…!?　彼と出会って、実は自分が〝精霊のいとし子〟だと発覚！　まさかの溺愛と能力開花で幸せな未来に導かれる、大逆転ラブストーリー！

ISBN 978-4-8137-1584-9／予価748円（本体680円＋税10%）

タイトル、価格等は変更になることがございますのでご了承ください。